Les fleurs renaissent toujours au printemps

Tome 2 :
À la croisée
des chemins

Gabrielle Delestre

LES FLEURS RENAISSENT TOUJOURS AU PRINTEMPS

Tome 2 :

À la croisée des chemins

Gabrielle Delestre

FEEL *So* GOOD

www.feelsogood-editions.com

Chapitre 1

Florence ouvrit les volets et prit le temps, comme chaque matin, d'admirer le magnifique paysage qui s'offrait à ses yeux. La vallée d'Abondance en ce milieu d'automne se parait de couleurs flamboyantes qui accentuaient le vert sombre des sapins. Des voiles de brume s'accrochaient aux montagnes, masquant parfois leurs sommets abrupts. Elle s'étonnait encore de la façon dont sa vie avait basculé quelques mois plus tôt. Par un SMS laconique, Romain, son conjoint, lui avait appris qu'il la quittait et voulait divorcer. Rapidement, Florence avait compris que son choix était irrémédiable et que leurs années de mariage pesaient bien peu face à sa maîtresse, Diane Valmont, une splendide Parisienne qu'il avait rencontrée au cours d'une soirée professionnelle et pour laquelle il avait décidé de tout abandonner. En état de choc et profondément meurtrie, Florence s'était sentie dépossédée de tout ce qui donnait sens à son existence. Sans sa fille Anaïs, quelques amies très proches ainsi que son frère Robin et sa femme Sonia, elle aurait été incapable de se reconstruire tant cet échec conjugal l'avait anéantie. Au fil du temps, parce qu'elle était entourée et véritablement aimée, son désir de vivre avait été plus puissant que la souffrance lancinante qui la taraudait jour et nuit, l'empêchant de trouver le sommeil. Imperceptiblement, la beauté de la nature en pleine effervescence printanière avait réveillé son amour de la vie malmené par ce drame. Elle avait alors repris courage et relevé la tête. Sa force de caractère avait fait le reste.

Aujourd'hui, elle débutait une nouvelle existence loin de sa région et de tout ce qui lui rappelait son bonheur perdu. Passionnée par la montagne, elle avait fait le choix de s'installer en Haute-Savoie dans le Chablais près de Châtel.

Elle huma l'air frais qui montait de la vallée et un sourire illumina son visage. Tout ici respirait la tranquillité, et ce paysage alpestre égayait son cœur et touchait son âme. À quarante-deux ans, Florence avait largué les amarres pour donner corps à ses rêves et cela l'enthousiasmait malgré les incertitudes de l'avenir. Abandonnant à regret l'embrasure de la fenêtre, elle descendit prendre son petit déjeuner. Lise, la propriétaire des lieux, s'affairait déjà dans la cuisine, et une délicieuse odeur de café chaud flottait dans l'air.

— Bonjour, Florence, avez-vous bien dormi ?

— Oui, merci. Depuis que je vis ici, mes nuits ne sont plus agitées et parsemées de cauchemars, mon sommeil est enfin réparateur !

— Certainement les bienfaits du Léchat. Vous me semblez tellement plus gaie que cet été. Je n'ai pas oublié notre première entrevue et votre soulagement d'être arrivée à bon port.

— Oh moi non plus. Il m'a semblé que je ne parviendrais jamais jusqu'au chalet tant la route m'avait paru longue et défoncée !

Lise se mit à rire. Que de changements pour elle aussi en quelques mois ! Elle avait perdu son mari, le comte Geoffrey du Praz de la Semblière, dans un accident de voiture dix ans plus tôt, et son unique enfant Jean-Charles, avait décidé de s'installer en Guadeloupe. Elle s'était donc retrouvée seule au Léchat, petit hameau du val d'Abondance, dans cet immense chalet dont la vétusté devenait préoccupante. Devant faire face à d'importantes difficultés financières et ne supportant plus la solitude, elle avait eu l'idée de louer des chambres et avait rédigé une annonce dans le journal local à cet effet. Florence avait rencontré la comtesse un après-midi de juillet et avait emménagé quelques semaines plus tard. Un beau matin, Lise avait vu débarquer une camionnette conduite par un charmant grisonnant aux manières affables, suivie d'un C4 dans lequel se trouvait sa future locataire, accompagnée d'une jeune fille blonde souriante et curieuse. Florence avait présenté Anaïs ainsi que son beau-père, Marc. En quelques heures, la petite équipe avait meublé les deux pièces réservées à l'étage et après un déjeuner pris en commun, Marc était reparti sur Dijon pour retrouver sa femme, Adeline. Anaïs désirait rester quelques jours auprès de sa maman avant de commencer sa troisième année de fac de médecine à Strasbourg. À presque vingt ans, elle avait un caractère bien trempé et semblait très protectrice à l'égard de Florence. Plusieurs fois, Lise avait capté dans les grands yeux sombres de la jeune fille de l'inquiétude mêlée à une tristesse indéfinissable.

En effet, lorsqu'elles avaient quitté la départementale pour emprunter une petite route sinueuse qui grimpait à l'assaut de la montagne, Anaïs s'était demandé si sa mère avait bien toute sa tête pour venir vivre ici. Et son cœur s'était serré d'angoisse à la vue de l'immense chalet, à l'aspect peu engageant, entouré de forêts sombres. Posé massivement sur un pan de prairie, il se composait de trois étages ornés de balcons ajourés. Les fondations qui supportaient le premier niveau où courait une balustrade avaient été construites en pierres du pays d'un gris soutenu, alors que l'on avait utilisé de l'épicéa pour le reste de la bâtisse. Des fenêtres étroites entourées de volets détériorés par les intempéries habillaient la façade qui, malgré sa triste apparence, n'en demeurait pas moins imposante. Après avoir gravi quelques marches, on pénétrait dans l'habitation par un sombre vestibule menant au séjour dans lequel trônait une vaste cheminée où figurait une sorte de blason. L'intérieur que Lise avait tenté d'améliorer pour les futures locataires n'en restait pas moins austère. D'un côté s'élançait un escalier en hêtre qui desservait un couloir donnant sur des chambres, et qui masquait en partie l'entrée de la cave. De l'autre côté s'ouvrait la cuisine prolongée par un cellier. Le bois omniprésent s'invitait sur les murs ou dans la réalisation du mobilier que Lise était allée récupérer au grenier avec l'aide d'Antoine, un ami agriculteur qui l'avait beaucoup soutenue après la mort de son conjoint. Une grande table et des bancs occupaient le centre de la pièce. Une armoire rustique et un vieux coffre sculpté complétaient l'ameublement. Mais ce qui avait laissé Anaïs perplexe, bien qu'elle se soit souvenue que la propriétaire était une artiste peintre, était l'immense triptyque dont les teintes acidulées coloraient le chalet d'une manière saugrenue.

Au bout de quelques jours, Anaïs s'était détendue. Florence l'avait emmenée découvrir Châtel, cet adorable village qui avait su garder son charme d'antan malgré l'affluence des touristes à la saison de ski. Elles avaient réalisé quelques randonnées, crapahutant au cœur d'une nature sauvage, dégusté des spécialités locales dans de jolis restaurants, acheté quelques babioles pour décorer l'espace de vie de Florence, et lorsque le moment du départ était arrivé, Anaïs pensait véritablement que sa mère pourrait se plaire dans ce petit coin de Haute-Savoie. Elle avait également été captivée par la personnalité de Lise. Son élégance intemporelle, sa manière de parler très aristocratique et son côté artiste déjantée l'attiraient tout particulièrement. Elle la trouvait belle et mystérieuse et les quelques soirées où la comtesse avait retracé l'histoire de la vallée avec ferveur l'avaient subjuguée.

Florence avait accompagné sa fille jusqu'à Genève, où son père devait la récupérer pour passer quelques jours de vacances en sa compagnie. Elle n'avait pas revu son mari depuis son départ de Besançon, et cette rencontre ne la réjouissait guère. Elle l'avait aimé passionnément et avait terriblement souffert de cette séparation, mais il lui semblait aujourd'hui qu'elle aspirait à autre chose. Avec le temps, les blessures cicatrisaient, atténuant les turbulences qui l'avaient malmenée durant d'interminables semaines. Romain restait le père de sa fille et elle le respectait pour ça, mais il lui semblait que son cœur battait moins la chamade lorsque sa longue silhouette et son visage fin, encadré par des cheveux bouclés, surgissaient à l'improviste au cœur de ses souvenirs. Comment réagirait-elle s'il la sollicitait pour qu'elle lui donne une seconde chance ? Florence voulait se persuader que leur histoire était bel et bien finie et que cette mélancolie qui l'envahissait parfois quand elle revivait des instants marquants de leur vie à deux ne signifiait en aucun cas qu'elle l'aimait encore, mais bien plutôt qu'elle était sur la voie de la guérison.

Du côté de Romain, les choses étaient plus complexes. Paradoxalement, bien qu'il ait pris la décision de la quitter, une émotion qui ressemblait à de la colère l'avait submergé parce que sa femme lui échappait. En outre, il y avait cet Alban, un ancien copain de fac qu'elle avait reçu dans leur maison durant un week-end alors qu'ils étaient tout juste séparés. C'est en faisant visiter la villa à un potentiel acheteur qu'il avait fait sa connaissance, et l'assurance de cet homme lui avait déplu. Il était d'ailleurs persuadé qu'ils étaient amants. L'intense douleur qu'il avait éprouvée en imaginant Florence dans les bras de cet individu lui avait laissé penser qu'il l'aimait encore.

Le trio s'était donné rendez-vous au bord du lac Léman, au début de la jetée des Eaux-Vives, là où se trouve, depuis la fin du dix-neuvième siècle, l'imposant jet d'eau pouvant atteindre cent quarante mètres de hauteur. Les deux femmes étaient parties du Léchat tôt le matin pour profiter des nombreux atouts de cette ville cosmopolite. Elles avaient fait un peu de shopping puis s'étaient promenées dans les jardins qui longent le Léman, appréciant cette luminosité d'automne qui ciselait chaque détail de la nature environnante. Anaïs avait aperçu son père la première et lui avait fait un signe de la main. Il les avait rejointes immédiatement, un sourire égayant son visage. Il les avait trouvées belles, complices et heureuses, et avait ressenti un léger pincement au cœur en se souvenant qu'il n'avait plus sa place au centre de ce duo. Florence, comme à son habitude, était vêtue d'une tenue sport chic qui lui allait à ravir et mettait en valeur son corps modelé par le sport. Ses cheveux châtains étaient plus longs que d'habitude, mais elle les portait toujours dégradés sur le devant avec une frange. Sa peau hâlée rehaussait l'éclat de ses yeux verts pailletés d'or. Anaïs quant à elle, était une blonde à la silhouette longiligne qui possédait un regard presque noir qu'adoucissaient de grands cils courbes. Romain avait perçu tout de suite la froideur de son ex-femme, et cela l'avait chagriné. Il aurait tant aimé qu'ils puissent rester amis et passer de bons moments ensemble.

Mais visiblement, Florence ne lui pardonnerait jamais de l'avoir abandonnée et, surtout, d'avoir fait voler en éclat son couple, auquel elle tenait tant et qui était sa plus belle réussite. Mais paradoxalement, plus elle affichait une réserve glaciale à son égard, plus il tentait de conserver un lien entre eux.

De plus, le départ de Florence pour la Haute-Savoie avait mis sa curiosité à rude épreuve. Jamais il n'aurait imaginé qu'elle puisse tout quitter pour aller vivre dans ce qui équivalait pour lui à un trou perdu au cœur d'une nature hostile. Il n'avait jamais apprécié la montagne et tous les sports qui en découlaient, et Florence avait appris à randonner et à skier seule ou avec des amis. Il reconnaissait n'avoir jamais réalisé beaucoup de concessions et s'être laissé choyer dans cette relation de couple. Il ne devrait pas reproduire ces erreurs avec Diane. De toute manière, cette dernière l'évincerait rapidement s'il ne correspondait plus à ce qu'elle attendait. Du coup, il était devenu un compagnon attentionné et à l'écoute de l'autre, alors même qu'il se trouvait sur un siège éjectable.

Le baiser de sa fille l'avait tiré de ses songeries. Il avait proposé d'aller boire un café quelque part, mais Florence avait décliné fermement et Anaïs n'avait pas insisté. Elles s'étaient embrassées longuement et Florence avait retenu ses larmes. Le départ de sa fille venait clore à tout jamais une étape qui lui avait apporté beaucoup de bonheur, mais aussi de nombreuses déceptions, dont le refus de son mari d'avoir un deuxième enfant.

Prenant conscience de la mélancolie qui déferlait sur Anaïs au moment des adieux, elle s'était détachée d'elle et lui avait souri, lui rappelant qu'elles se reverraient régulièrement. Une immense solitude l'avait envahie alors qu'elle rejoignait sa voiture et le doute l'avait assaillie. Serait-elle assez forte pour entamer cette nouvelle tranche de vie ? Aurait-elle le courage de recréer du lien et de se faire des amis ? Saurait-elle retrouver un travail, puisqu'elle avait fait le choix de ne plus exercer son métier d'enseignante pour un temps ? Libre désormais d'agir à sa guise, il lui faudrait s'interroger véritablement sur ses désirs de femme et sur le sens qu'elle voulait donner à son existence.

Chapitre 2

Dès l'emménagement de Florence, la vie de Lise avait été plus légère. Elle avait tout de suite apprécié cette jolie jeune femme amoureuse de la nature et de la montagne. Elle adorait sa franchise et sa spontanéité, mais aussi sa discrétion. En effet, Florence, tout en prenant possession de son nouvel environnement, ne s'était pas imposée. Avec finesse, elle observait la manière de vivre de Lise et intégrait ses habitudes pour ne pas l'incommoder. Rapidement, elles s'étaient organisées pour rendre cette colocation supportable. Elles avaient listé les obligations liées à leur vie commune et avaient opté pour un partage strict des tâches ménagères et de l'entretien des abords du chalet. Dans la journée, chacune vaquait à ses occupations. Lise passait une grande partie de ses après-midi à travailler dans son atelier attenant au séjour. Elle adorait cet espace qui lui était totalement dédié et que son mari avait rénové peu de temps après leur installation. Elle en avait choisi l'agencement complet, et depuis la mort de son conjoint, il était devenu son refuge. L'étroite fenêtre d'origine avait été remplacée par une vaste baie vitrée qui apportait une belle luminosité et rehaussait l'éclat des murs blancs peints à la chaux. Une petite bibliothèque et de nombreuses étagères remplies de tubes de gouache, pinceaux, crayons habillaient un angle de la pièce. Quelques toiles reposaient sur des chevalets et dans un coin, un fauteuil en velours orangé recouvert d'un plaid panaché semblait attendre la venue d'un visiteur. De multiples dessins, esquisses, aquarelles, de formes et couleurs variées, formaient un étonnant patchwork. Lise pouvait passer des journées entières dans *son antre* – comme elle aimait à nommer son atelier – sans voir personne. Une galerie d'art à Thonon-les-Bains exposait quelques-unes de ses œuvres, et durant la période estivale, elle réalisait parfois quelques bonnes ventes. Elle appréciait également la lecture et se plongeait à corps perdu dans des biographies historiques ou des romans. Florence avait très vite compris que sa propriétaire avait besoin de solitude pour créer et se ressourcer. Ce que nombre d'habitants des villages environnants considéraient comme du mépris n'était en fin de compte qu'une certaine pudeur et le refus d'une transparence et d'un exhibitionnisme concernant sa vie privée.

Au fil des semaines, Florence avait commencé à distinguer les contours de cette personnalité sensible et totalement atypique. Elles avaient pris l'habitude de se retrouver pour le dîner et c'est à l'occasion de ces soirées qu'elles se livraient l'une et l'autre par petites touches, déposant comme un cadeau autour de cette grande table de chêne les différentes pièces du puzzle de leur existence. C'est ainsi que Florence avait appris que Lise était originaire de Saint-Étienne. Fille unique de parents commerçants, elle avait très vite montré des dons pour le dessin et, après son baccalauréat, avait choisi de s'inscrire aux Beaux-Arts de Lyon. Rapidement, elle avait conquis ce milieu estudiantin branché et s'était entourée de nombreux camarades qui adoraient faire la fête et s'amuser. Peu assidue aux cours, elle n'avait pas terminé son cursus et, sur un coup de tête, avait décidé de suivre une amie qui partait travailler à Genève. Pour survivre, elle avait déniché un emploi dans une galerie d'art, et c'est ainsi qu'elle avait fait la rencontre de Geoffrey. Ce grand brun avait un physique plutôt ingrat, mais toute sa personne dégageait une telle noblesse surannée qu'elle était tombée sous le charme instantanément. Propriétaire d'un magasin d'antiquités sur Thonon-les-Bains, il possédait une immense culture, adorait l'art sous toutes ses formes et faisait preuve d'une réelle gentillesse. Lorsqu'il lui avait demandé sa main, un genou à terre face au lac Léman, tenant entre ses doigts la bague en saphir sertie de diamants de son arrière-grand-mère, elle avait tout de suite accepté.

Encore aujourd'hui, sa présence lui manquait terriblement et des larmes perlaient au coin de ses yeux lorsqu'elle évoquait, des tremblements dans la voix, *son cher Geoffrey*. À part Antoine, dont Florence avait fait la connaissance un beau matin tandis qu'elle nettoyait les abords de l'habitation, Lise ne recevait aucune visite. Ce propriétaire terrien, producteur de fromage d'Abondance, avait tout de suite plu à Florence. Bien charpenté et de stature moyenne, le visage buriné par le temps et le travail au grand air, il respirait la gentillesse et l'honnêteté. Discret, il ne s'éternisait jamais au chalet, mais savait rendre service quand il le fallait. Il avait ainsi à maintes reprises réalisé quelques réparations dans la bâtisse afin que Lise puisse vivre plus confortablement. Mais la comtesse hésitait à le solliciter trop souvent et refusait qu'il s'investisse davantage dans la maison.

Florence affectionnait tout particulièrement ces moments de causeries intimes alors que les lueurs vespérales du couchant teintaient de rose les cimes environnantes. Elle imaginait Geoffrey et Lise dans leur intérieur, recevant des amis artistes ou choisissant ensemble pour leur magasin des objets chinés au hasard de leurs voyages ou de leurs rencontres. Ils s'étaient profondément aimés, et malgré les grandes difficultés qu'ils avaient connues, ils étaient restés unis jusqu'à ce que la mort surprenne brutalement Geoffrey au détour d'un virage rendu glissant par le gel. Elle percevait également des blessures cachées chez celle qu'elle nommait parfois *sa comtesse*. En effet, à diverses occasions, cette dernière n'avait pas dissimulé son admiration concernant la relation de Florence et de sa fille, soulignant que leur complicité était merveilleuse. Elle avait laissé entendre qu'elle pensait avoir échoué dans son rôle de mère, et parlait peu de ce fils qui avait fait le choix de la quitter peu après le décès de son père.

Florence débutait régulièrement sa journée par une activité sportive. Selon son humeur, elle partait courir ou randonner sur les sentiers environnants. La nature majestueuse la comblait de joie. Elle admirait jusqu'à plus soif ses paysages d'une richesse incomparable où les prairies courtisaient les forêts sombres et denses qui s'étageaient sur les pentes escarpées pour prendre d'assaut les montagnes. Avalant les dénivelés avec une volonté farouche, le corps parfois meurtri par les efforts récurrents qu'elle lui imposait, elle se sentait entièrement libre et savourait un bonheur intense et profond. Il lui semblait être en totale osmose avec cet environnement et puiser à son contact une puissante énergie.

Les températures matinales chutaient de façon conséquente et les premières flambées dans les cheminées apportaient des effluves de bois roussi au cœur de la vallée, qui se mêlaient à l'odeur des champignons dans les sous-bois. Bientôt, les premières neiges napperaient de blanc les Cornettes de Bises et le mont de Grange, plus haut sommet de la vallée d'Abondance. Florence, emmitouflée dans un poncho, était assise à son bureau et réfléchissait aux offres d'emploi qu'elle avait reçues. Sa demande de disponibilité ayant été acceptée, elle n'exercerait plus son métier de professeur de français pendant un an. Deux magasins de sport et un restaurant lui proposaient de travailler à Châtel durant la saison hivernale. C'était une belle aubaine, car malgré la vente de leur superbe maison qui lui avait permis d'obtenir une coquette somme et de se sentir relativement à l'abri du besoin pendant quelque temps, elle ne pouvait s'accorder de rester oisive, d'autant plus qu'elle ferait certainement face à des frais imprévus, comme l'achat d'un 4x4 pour se déplacer en toute sécurité l'hiver. Alors qu'elle s'apprêtait à téléphoner à l'un des propriétaires des boutiques qui avait répondu par l'affirmative à sa demande d'emploi, on frappa doucement à la porte. Lise fit son apparition, ses cheveux d'un blanc immaculé tressés en une longue natte.

— Puis-je entrer, Florence ? J'espère ne pas vous importuner ?

— Pas du tout, Lise, j'ai des réponses positives pour du travail à Châtel et j'allais passer quelques coups de fil, car il faut absolument que je décroche un job pour cet hiver.

— Vous n'aurez, je vous l'assure, aucun souci pour trouver un emploi par ici. La station connaît depuis des années un succès fou, et le nombre de touristes ne cesse de croître. À mon grand désespoir d'ailleurs. Moi qui suis plutôt solitaire et qui ne conçois la nature que vierge et sauvage, je suis parfois horrifiée de voir déferler dans nos villages des hordes de visiteurs affublés de vêtements criards et n'ayant le plus souvent aucune urbanité. On m'a beaucoup reproché mes positions lorsque je m'investissais dans le fonctionnement de la commune et que je tentais de limiter le développement de certaines zones touristiques. J'ai été beaucoup critiquée, et j'ai fini par prendre mes distances. Aujourd'hui, ma vie sociale est excessivement réduite et je n'apprécie guère de côtoyer mes contemporains. De nombreuses rumeurs circulent à mon sujet, et certains vont même jusqu'à penser que mon attachement au passé m'amène à prendre contact régulièrement avec mes aïeux décédés lors de soirées particulières. Ma demeure serait hantée, et je ne suis pas loin d'être une sorcière ou un médium !

Florence éclata de rire, mais elle se souvint des paroles prononcées par Agnès et Gérard Deminzas, qui l'avaient accueillie dans leur maison d'hôtes quand elle était à la recherche d'un appartement. Lise faisait figure de marginale peu fréquentable et lorsque Florence leur avait indiqué qu'elle séjournerait au chalet, elle avait perçu fugacement dans leur regard une certaine appréhension.

— Je vous avais signalé, poursuivit Lise, lorsque nous nous sommes rencontrées la première fois, que je désirais prendre une seconde locataire. J'ai donc déposé une annonce il y a peu de temps, car la période de ski débutera dans un mois et demi et certains saisonniers cherchent à se loger. Plusieurs personnes m'ont appelée hier, et je voulais vous en parler pour que nous choisissions cette future pensionnaire ensemble.

— Oh, c'est très aimable à vous, Lise. Je ne pensais pas avoir mon mot à dire dans ce domaine.

— Bien au contraire, cela me paraît essentiel. Vous vivez dorénavant ici et de ce fait, les décisions sont collégiales. Nous sélectionnerons donc cette personne toutes les deux dès que vous aurez un moment à m'accorder.

— Avec grand plaisir. Je passe quelques coups de fil, j'envoie deux ou trois SMS, et je vous retrouve dans une heure.

Une fois de plus, Florence était touchée par la prévenance de Lise. Extrêmement courtoise, celle-ci faisait tout pour que sa jolie locataire se sente chez elle et reparte du bon pied dans la vie. Avant de rejoindre la comtesse, Florence prit le temps de répondre à quelques proches.

Durant ces longs mois difficiles qui avaient suivi l'annonce de la séparation, elle avait été épaulée par deux amies. L'une, Camille, était sa collègue ; l'autre, Bénédicte, avait été la nounou de sa fille, et était devenue sa confidente. Elles avaient toutes deux été très attristées par son départ, mais elles n'avaient pas tenté de la retenir, comprenant que c'était la seule voie de reconstruction possible pour leur chère amie. Depuis, elles n'avaient cessé de correspondre toutes les trois. Camille, de nature excessivement curieuse, essayait à chacune de leur discussion d'obtenir des informations sur son histoire avec Alban, ce qui agaçait Florence, car elle-même peinait à définir sa relation avec cet ancien copain qui l'avait retrouvée sur Facebook. À quarante-trois ans, ce brun aux yeux bleu océan, féru de montagne et travaillant dans la communication, avait beaucoup de charme. Divorcé et père d'un petit Martin de huit ans, il avait connu Florence sur les bancs de la faculté et semblait ne jamais l'avoir oubliée. Le week-end qu'ils avaient passé ensemble quelques semaines avant son départ avait été une réussite. Ils s'étaient trouvé beaucoup de passions et de centres d'intérêts communs, mais quand Florence avait ressenti son désir d'aller plus loin après leur soirée au restaurant, elle lui avait signifié qu'elle préférait dormir seule. Bien que séparée de Romain, le souvenir de leurs étreintes était profondément ancré dans sa chair, et toute proximité avec un autre corps lui semblait inenvisageable dans l'immédiat. Elle partageait encore au cœur de ses rêves des instants de volupté puissants qui la laissaient anéantie au petit matin, lorsqu'elle prenait conscience que son mari ne ferait plus vibrer sous ses doigts agiles son corps avide de caresses. Certes, elle trouvait Alban très séduisant, attentionné et plein de ressources, mais elle le devinait extrêmement impatient vis-à-vis d'elle, comme s'il tentait de rattraper les années perdues. Et malgré ses promesses de lui accorder du temps et d'accepter qu'ils ne vivent pas leur relation au même rythme, elle ressentait parfois chez lui un besoin de superviser sa vie qui l'exaspérait. Il n'avait d'ailleurs pas supporté son choix de s'installer en Haute-Savoie, et Florence avait ressenti que cette décision avait contrecarré des projets qu'il avait élaborés sans même lui en parler. C'est pourquoi depuis son emménagement au Léchat, elle avait refusé de le revoir, lui signifiant ainsi qu'elle, et elle seule, dirigerait dorénavant son existence.

Après avoir échangé quelques SMS avec ses amies, Florence s'empressa de rejoindre Lise. Elles avaient réaménagé la grande pièce du rez-de-chaussée afin de créer un espace salon très cosy. Un charmant canapé en rotin déniché par Florence dans une boutique ainsi que des poufs bariolés prenaient place autour d'une table basse en épicéa posée sur un tapis de laine écru. Elles appréciaient s'y retrouver après le dîner pour bavarder tout en buvant une tisane de thym à la lueur de jolies bougies que Florence avait disposées au gré de son inspiration.

— Me voici enfin, Lise. J'ai terminé ma correspondance et je suis totalement disponible.

— Très bien. J'ai trois « saisonnières » qui aimeraient s'établir au chalet. Elles seront parmi nous de mi-décembre à mi-avril. L'une est vendeuse dans un magasin de sport à la Chapelle d'Abondance, l'autre travaille dans la restauration à Châtel et la troisième est employée des remontées mécaniques sur le domaine des Portes du Soleil. J'ai conversé avec ces jeunes femmes au téléphone et j'admets que l'une d'elles a piqué ma curiosité. Elle se nomme Margaux Bertinet et fait la saison de ski dans notre vallée depuis deux ans. Jusqu'à présent, elle vivait dans une vieille camionnette transformée en camping-car de fortune sur le parking du Linga, dans des conditions que j'imagine assez précaires. Cette année, elle a décidé de trouver un logement plus décent et m'a appelée à la suite de mon annonce. J'avoue que son profil inclassable me séduit déjà. Elle semble avoir du tempérament, et nos quelques échanges m'ont laissé entrevoir une vie mouvementée et peu commune. Les deux autres personnes paraissent moins marginales, mais l'une a l'air quelque peu autoritaire et l'autre totalement dénuée de fantaisie. Qu'en pensez-vous ?

— Je fais confiance à votre instinct et je suis partante pour accueillir Margaux sous notre toit. Quand la rencontrons-nous ?

— Elle est encore dans le sud et n'arrivera à Châtel que dans une quinzaine de jours. Je ne pourrai pas lui proposer un premier entretien comme je l'ai fait avec vous. Il faut que je donne mon accord sans avoir fait sa connaissance au préalable. Cela vous ennuie-t-il ?

— Après ma rupture avec Romain, j'ai décidé de tout quitter pour découvrir enfin quelles étaient mes véritables aspirations. Je me suis promis de ne pas m'enfermer dans des schémas prédéfinis et d'oser l'aventure si elle se présentait. L'inattendu frappe peut-être à notre porte sous la forme de cette jeune personne. Faisons-lui bon accueil !

Chapitre 3

Il semblait à Florence que jamais ses journées n'avaient été aussi remplies. Elle avait décroché un emploi de vendeuse dans un magasin de sport à Châtel. Son allure dynamique et son côté avenant et posé avaient séduit immédiatement Maud Mougnier, la propriétaire de cette boutique installée dans la rue principale du village. Comme Florence n'avait aucune expérience dans ce domaine, elle lui avait proposé de venir travailler deux jours par semaine pour découvrir la collection et les techniques de marketing. Florence avait tout de suite accepté, soulagée d'avoir un peu de temps pour se familiariser avec son nouveau métier et faire connaissance avec ses collègues.

Les jours filaient, métamorphosant le paysage ambiant. Les couleurs de l'automne s'estompaient à l'approche de l'hiver pour laisser place à des tons ardoise qui uniformisaient la vallée. Les premières neiges, transformées en pluie fine quelques centaines de mètres plus bas, coiffaient les plus hauts sommets d'un bonnet blanc. Partout, on se préparait à accueillir les premiers touristes qui débouleraient dès l'ouverture des pistes. Les magasins et les hôtels rouvraient leurs portes. On nettoyait, restaurait, repeignait devantures, terrasses et balcons… et l'ouvrage ne manquait pas. Florence appréciait cette animation de station, et savourait chaque instant de sa nouvelle existence. Après sa journée de travail, elle était allée rendre visite à Agnès et Gérard Deminzas, avec qui elle avait sympathisé. Le couple avait été ravi de la revoir et l'avait gardée à dîner, l'interrogeant sur sa vie au Léchat. Gérard était avide de confidences.

— Alors, raconte-nous comment ça se passe chez la comtesse ? demanda-t-il après un moment.

— Mais vous êtes bien curieux ! lança Florence taquine.

— Eh bien, poursuivit Gérard un peu gêné, il n'est pas trop en ruine ce chalet ? J'espère que tu es à ton aise. Tu sais que tu peux revenir ici quand tu veux.

— Ne vous inquiétez pas, Gérard, je suis vraiment bien. Je possède deux pièces à l'étage. Dans l'une j'ai fait ma chambre, et dans l'autre je me suis aménagé un petit bureau bien agréable. J'avais apporté quelques meubles et je me sens réellement chez moi dans ce grand chalet.

— Et la comtesse, reprit Agnès, comment est-elle avec toi ? La cohabitation n'est pas trop compliquée ?

— Lise est absolument charmante. Je la trouve très attentionnée à mon égard, tout en étant extrêmement discrète. Au fil du temps, nous nous découvrons et nous nous apprivoisons mutuellement. Et puis, j'admire sa créativité. C'est une véritable artiste et ses peintures sont extraordinaires, remplies de gaieté, d'insolence. Elles rayonnent ! Et demain, nous accueillons notre nouvelle locataire !

Gérard ouvrit de grands yeux ronds.

— Vous allez vivre à trois nanas dans ce chalet ? Et vous allez vous entendre ? C'est bien la première fois que je vois ça dans la vallée.

— Mais arrête donc, reprit Agnès. On dirait un vieux grincheux qui n'accepte aucune innovation. Les temps changent et les femmes d'aujourd'hui sont plus libres. Elles peuvent choisir leur vie comme bon leur semble. Et si elles ne veulent pas d'hommes sous leur toit, c'est leur droit !

— Mais qu'est-ce que tu me chantes, Agnès ! Tu ne les envies tout de même pas ? Tu aimerais vivre en colocation avec des femmes, toi aussi ?

— Je pense simplement que c'est une idée comme une autre. Et notre Florence n'a pas l'air malheureuse du tout. Je la trouve même bien gaie. En tout cas, elle a meilleure mine que lorsque nous l'avons hébergée au mois de juillet. C'est tout ce qui compte.

Florence écoutait la discussion du couple un sourire aux lèvres. Oui, les temps avaient changé et les femmes s'étaient émancipées. Elles pouvaient aujourd'hui faire des études, avoir un métier, choisir leur compagnon, et pourtant nombre d'entre elles ne se sentaient pas totalement épanouies dans leur vie. Elle-même aurait aimé conserver son existence de conjointe et de mère de famille. Elle adorait son mari, sa fille, sa profession, sa maison, et ce bonheur qu'elle avait patiemment construit avait volé en éclats sans qu'elle puisse se battre pour le préserver. C'était ainsi et elle avait décidé de ne pas s'enferrer dans un rôle de victime, mais plutôt d'utiliser ce qu'elle considérait comme un échec pour reprendre le contrôle de sa vie et tenter de retrouver une authentique sérénité.

Gérard n'avait pas apprécié d'être rabroué par son épouse. Il profita d'un moment de silence pour relancer la discussion :

— Tu sais bien, Agnès, que dans la vallée les rumeurs vont vite. Ça n'arrangera pas les affaires de la comtesse, lorsque les gens s'apercevront qu'une communauté de femmes vit au Léchat. Ils vont sûrement imaginer des choses… Déjà qu'elle n'est guère aimée.

— Mais enfin, pourquoi lui en veut-on comme ça ? lança Florence agacée. Elle est charmante, cultivée ; elle ne fait de mal à personne.

— Ce sont peut-être ses nombreuses qualités qui irritent certaines personnes de la vallée, suggéra Agnès. La jalousie peut rendre malveillant, Florence. Je pense que les Praz de la Semblière ont fait bien des envieux. Ils formaient un très beau couple et ils s'adoraient. Il n'en faut parfois pas plus pour attiser la haine. Lorsque la comtesse a perdu son mari, beaucoup de villageois ont cru qu'elle quitterait la région.

— Oui, tu as raison Agnès, poursuivit Gérard. J'ai entendu des discussions lorsque je me retrouvais avec des amis... Il y en a qui n'attendait que ça. Ils espéraient la voir déguerpir. Il faut dire que le chalet et les terres attenantes en tentaient plus d'un !

Florence était abasourdie par ces propos. Elle n'aurait jamais supposé que Lise eût pu susciter autant de jalousies, et que sa bâtisse en ruine eût été si convoitée. Agnès, qui avait perçu le malaise de Florence, jeta à son mari un regard furibond, puis changea de sujet en recentrant la discussion sur la vie de la jeune femme. Peu à peu, celle-ci se prit au jeu et leur raconta comment au fil des jours, elle retissait des liens qui lui apportaient une douce félicité. Elle décrivit ses débuts au magasin. Maud, la propriétaire des lieux, ainsi que Lucie, sa collègue, étaient très sympathiques et leurs premiers échanges laissaient présager une belle entente professionnelle. Ces nouvelles rencontres la comblaient d'aise. Mais il est vrai que Florence avait toujours su capter ces infimes joies du quotidien et profiter pleinement du présent. Aujourd'hui encore, c'était grâce à sa capacité d'émerveillement que la vallée d'Abondance lui dévoilait peu à peu ses richesses et ses nombreux attraits.

Florence quitta ses hôtes vers minuit, remplie d'allégresse. Elle s'aperçut alors qu'elle avait un message d'Alban et l'écouta avant de démarrer. Il la suppliait de le rappeler, soulignant qu'il mourait d'envie de passer un week-end avec elle à Châtel et qu'il ne cessait de l'imaginer dans son immense chalet de montagne. Sa voix de basse extrêmement sensuelle était agréable à entendre. Il avait tout pour plaire à une femme, et pourtant quelque chose l'empêchait d'aller plus loin. Elle n'était pas amoureuse de lui — ou en tout cas pas encore. C'était trop tôt pour elle et l'image de Romain surgissait parfois à l'improviste au cours de la journée ou dans ses rêveries. Des moments de leur vie à deux la surprenaient lorsqu'elle se promenait sur les sentes escarpées ou qu'elle se reposait dans sa chambre après son travail. Elle se souvenait de leurs vacances à la mer et de son corps musclé jouant avec les vagues sur sa planche de surf, de son visage espiègle quand il s'ébrouait au-dessus d'elle en sortant de l'eau et qu'elle tentait de lui échapper en courant sur le sable. Elle le revoyait effleurer sa joue ou caresser ses cheveux. Non, décidément, elle ne l'oublierait pas aussi facilement qu'elle le pensait. Et puis, elle avait compris lors de leurs discussions qu'Alban possédait un certain succès auprès des femmes et qu'il avait eu plusieurs partenaires après son divorce. Était-elle inquiète à l'idée de ne pas être à la hauteur et de ne pas combler ses attentes ? À plus de quarante ans, elle ne tenait pas à se ridiculiser dans un moment aussi intime. Pourtant, elle se sentait parfois attirée par cet homme qui savait lui faire des compliments, la mettre en valeur et être à l'écoute de ses désirs. Elle se promit de le rappeler pour prendre de ses nouvelles et lui raconter sa vie au Léchat.

L'autre message provenait de sa mère qui, comme à son habitude, se faisait du souci pour elle. Elle espérait que sa fille pourrait se dégager du temps pour lui rendre visite, mais elle proposait également de venir quelques jours avec Marc pour découvrir son *étrange chalet*. Tout en rentrant chez elle, Florence sourit intérieurement et se félicita que ses proches la contactent si souvent. Robin et Sonia l'avaient beaucoup soutenue à son arrivée, multipliant les appels, ses amies ne l'oubliaient pas et sa fille ne passait pas une semaine sans lui envoyer un SMS ou lui téléphoner. Arrivée dans sa chambre, elle se surprit à verser quelques larmes de bonheur. Elle songea que lorsque l'amour, l'amitié et la solidarité étaient au rendez-vous, aucune difficulté n'était insurmontable.

Le lendemain matin, elle descendit prendre son petit déjeuner vers sept heures. Florence avait décidé de rester auprès de Lise pour accueillir Margaux Bertinet, leur nouvelle locataire. Quelques jours auparavant, elles avaient déblayé et nettoyé deux autres pièces à l'étage pour que cette dernière puisse s'installer au mieux. Outre les sept chambres, deux salles d'eau extrêmement vétustes complétaient cet espace de vie spacieux qui aurait pu devenir très confortable s'il avait été totalement rénové. Malheureusement, Lise n'avait aucun moyen financier pour se lancer dans une restauration de cette envergure. Les combles accessibles par une échelle de meunier avaient servi de grenier aux propriétaires lorsque le chalet avait subi ses premières modifications pour accueillir le grand-père de Geoffrey, pratiquement ruiné au début du dix-neuvième siècle. Florence, attirée par cette construction dès son arrivée, avait sollicité Lise pour visiter l'ensemble de la bâtisse. Elle était tombée sous le charme de cette habitation qui possédait une histoire qu'elle pressentait passionnante. Elle espérait que Lise lui dévoilerait peu à peu le récit de cette famille aristocratique pour qu'elle puisse faire revivre au gré de son imagination les générations qui s'étaient succédé dans cette splendide région.

Les deux femmes terminaient leur inspection des lieux et paraissaient heureuses du résultat. Depuis l'arrivée de Florence, Lise avait retrouvé le goût de s'occuper de son intérieur. Très souvent, des bouquets de fleurs séchées ornaient la grande table en chêne. La visite complète de la vaste bâtisse et la curiosité de Florence pour son histoire lui avaient donné l'envie d'entrouvrir de vieilles armoires pour y dénicher quelques objets anciens. Florence s'était extasiée devant de ravissants napperons, des nappes et serviettes damassées et quelques beaux étains, témoins d'un temps révolu où la famille devait tenir son rang parmi les notables de la région. L'intérêt de la jeune femme pour ces jolies choses du passé avait décidé Lise à les utiliser à nouveau, et l'ensemble des trésors avaient retrouvé leur place dans la pièce à vivre.

— Il me semble, Florence, que tout est prêt pour recevoir notre nouvelle locataire. Qu'en pensez-vous ?

— Oui, tout me semble parfait. Je suis impatiente de la rencontrer.

— Moi aussi. J'espère que nous saurons cohabiter et que nos échanges seront fructueux.

En début d'après-midi, Florence entendit pétarader tout près du chalet. Elle ouvrit sa fenêtre et découvrit sur le terre-plein un genre de vieux camping-car dont le pot d'échappement crachait une fumée noirâtre. Une jeune femme d'une trentaine d'années en descendit et se planta devant la demeure, jambes écartées et mains sur la taille, dévisageant l'ensemble de la propriété d'un œil vif. C'est alors qu'elle entendit la comtesse.

— Margaux Bertinet, je suppose ? déclara Lise en s'avançant vers la nouvelle venue la main tendue.

— Vous supposez bien, répondit celle-ci d'une voix gouailleuse. Mais tout le monde m'appelle Mag. Dites donc, le chalet n'est pas de toute première jeunesse. Si l'intérieur est du même acabit, ça me changera pas beaucoup de ma camionnette. Par contre, il y a de la place visiblement. On va pas être les uns sur les autres. C'est déjà ça. Et les deux petites bicoques à côté, c'est à vous aussi ?

— Oui, ce sont les anciennes dépendances de la demeure. Mais, je vous en prie, donnez-vous la peine d'entrer. Voici Florence Guerrec, la locataire dont je vous ai parlé.

— Bonjour, Margaux, je suis heureuse de faire votre connaissance ! J'espère que vous vous plairez dans cette maison, reprit Florence.

— Ben, je vous dirai ça dans quelque temps. Il va falloir que je m'habitue à vivre dans un endroit pareil. C'est vachement grand ici. Du coup, ça va me changer. Quand je suis pas dans ma camionnette, je crèche dans des piaules de dix mètres carrés.

— Vous verrez, répliqua Lise, on s'acclimate généralement très vite à évoluer dans un espace de vie généreux.

— Mouais…

En entrant dans le séjour, Margaux s'arrêta devant le gigantesque triptyque, le regard interrogatif.

— C'est quoi, ces immenses taches de couleur ? C'est pour cacher la misère ?

Florence, surprise et embarrassée, ne savait que répondre, mais Lise reprit d'un ton léger :

— C'est une de mes créations. Je suis artiste-peintre.

— Et vous réussissez à vendre des trucs qui ressemblent à des coloriages de gosses ?

— Oui, ce peut être étonnant, mais cela m'arrive fréquemment.

— J'en reviens pas. Y a des gens sacrément zarbi.

— La diversité de l'humanité est selon moi une richesse fabuleuse et j'apprécie que quelques individus zarbi s'intéressent à mon œuvre.

— Ouais, c'est sûr, il en faut pour tous les goûts.

Les deux femmes invitèrent la nouvelle locataire à monter à l'étage et lui montrèrent les deux pièces qui lui étaient réservées.

— Waouh, c'est le vrai luxe ici, lança cette dernière lorsqu'elle entra dans sa chambre. J'ai deux endroits rien qu'pour moi pour trois cents euros de loyer, c'est bien ça ?

— Heu… oui, reprit Lise, un peu gênée. Ce sont les termes de notre contrat.

— Génial, ça roule. En fin de compte, je pense que je vais me sentir bien dans votre cambuse. C'est vendu, je reste.

Florence, tout en écoutant la conversation, observait furtivement la nouvelle venue. Extrêmement mince, presque maigre, elle était plus grande qu'elle et avait l'allure d'un garçon manqué. Elle portait un jean moulant rapiécé à plusieurs endroits et un gros pull camionneur noir. Ses cheveux courts presque rouges encadraient un visage très fin au menton en pointe. Son nez, petit et retroussé, était orné d'un piercing en anneau, et ses yeux bruns en amande s'étrécissaient par moment pour scruter son interlocuteur intensément.

— Bon, va falloir que je me dégote quelques meubles puisque j'ai de la place, souligna Margaux.

— Si cela peut vous dépanner, poursuivit Lise, j'ai un peu de mobilier que je peux mettre à votre disposition dans un premier temps.

— Ouais, pourquoi pas ? Mais je tiens à avoir mes affaires. J'irai m'pêcher des trucs dans les vide-greniers du coin.

— Peut-on vous aider à vous installer ? reprit Florence. Je ne travaille pas cet après-midi ; ce serait avec plaisir.

— J'ai l'habitude de me débrouiller seule depuis pas mal de temps et c'est pas aujourd'hui que ça va changer. Merci quand même.

— Nous avions prévu de dîner ensemble ce soir pour faire plus ample connaissance et vous informer du fonctionnement de notre colocation, précisa Lise. Cela vous convient-il ?

— Ça roule. À ce soir.

Margaux les quitta brusquement sans un mot et dévala l'escalier pour commencer à déballer ses effets personnels.

— J'avais perçu chez cette jeune personne un fort tempérament et une certaine marginalité, souligna Lise un sourire aux lèvres, et je m'aperçois que mon intuition ne m'a pas trompée.

— Effectivement, vous avez vu juste, reprit Florence en riant. Nous allons former un trio de choc ! J'imagine déjà la tête de ma mère lorsqu'elle viendra me rendre visite. Ce sera à mourir de rire. Comment nous organisons-nous ? J'ai du temps, je peux préparer le repas cet après-midi.

— Moi aussi. Pourquoi ne pas nous y mettre à deux ? Ce sera plus convivial et nous nous devons de faire honneur à notre hôte.

— Avec plaisir. À nos fourneaux !

Les deux femmes rejoignirent la cuisine et réfléchirent de concert pour concocter un dîner simple, mais authentique. Elles optèrent pour une croziflette, un plat typiquement savoyard à base de petites pâtes carrées au sarrasin, jambon et reblochon, accompagnée d'une salade verte. En dessert, Lise s'offrit à réaliser un gâteau de Savoie qu'elle servirait avec une crème anglaise. Elles cuisinèrent une partie de l'après-midi, tout en papotant avec une joie non dissimulée, et la comtesse profita de ces instants privilégiés pour interroger Florence sur son nouveau métier. Cette dernière, enthousiaste, ne se fit pas prier et lui raconta ses journées au magasin. Elle lui expliqua que la boutique se composait de plusieurs niveaux qui comportaient chacun leur spécificité. Outre le rayon *sportswear* dans lequel elle exerçait, le premier étage était réservé à la vente du matériel de glisse, alors que le rez-de-chaussée concernait la location d'équipements de sport en tout genre.

— J'ai rapidement sympathisé avec l'ensemble du personnel, continua Florence, et Maud me disait hier que j'avais trouvé ma place très facilement au sein de l'équipe.

— Cela ne me surprend guère, répliqua Lise.

— Elle a souligné également que j'apprenais vite et que j'étais une employée rigoureuse. Cela m'a fait très plaisir. Mais je n'ai aucun mérite, car j'adore les vêtements de sport et le magasin offre une kyrielle de modèles tous plus originaux les uns que les autres. C'est une joie pour moi d'évoluer au milieu de tant de belles choses. Et puis, Lucie, ma collègue, est très aimable. Elle est patiente et prend vraiment le temps de me former. Je découvre ainsi grâce à des petites fiches les spécificités techniques des différentes marques. Hier, elle m'a même laissé servir une cliente, fort peu aimable d'ailleurs, qui me dévisageait singulièrement et était d'une maladresse…

— Comment cela ? interrogea Lise.

— Par trois fois, en voulant déplier un article, elle a fait tomber toute la pile de vêtements, que je me suis empressée de ramasser. Puis, sans aucune excuse, et en soulignant mon incompétence, elle m'a tourné le dos, et a demandé à Lucie de la servir.

— C'est étonnant, en effet, et peu correct, reprit la comtesse.

— J'étais extrêmement gênée et j'en ai parlé à Maud, qui m'a tout de suite rassurée, précisant que cette cliente était très exigeante et que mon attitude dans cette situation avait été irréprochable. J'étais véritablement soulagée.

— Ne vous inquiétez pas trop. Les touristes sont parfois extrêmement désagréables, répliqua Lise.

— Mais justement, ce n'était pas une touriste, mais une habitante de la Chapelle d'Abondance. J'ai eu l'information par Lucie, sidérée par l'attitude de cette femme.

— C'est curieux, concéda la comtesse, légèrement songeuse. Mais ne vous faites aucun souci, je suis réellement en admiration devant vos qualités d'adaptation, et je pense que vous serez une excellente conseillère de vente.

— C'est gentil à vous, mais je ne me sens pas vraiment exceptionnelle.

— Pourtant, vous l'êtes par certains côtés. En début d'année, votre mari demande le divorce et vous devez abandonner du jour au lendemain une existence très agréable et un confort financier non négligeable, et en décembre de la même année, vous habitez dans une région montagneuse, en colocation avec deux femmes extrêmement dissemblables, dans un chalet vétuste, avec un nouveau métier et tout à rebâtir. Et au lieu de vous plaindre, d'avoir peur de l'avenir et de ressasser votre malchance, vous vous émerveillez de tout et réussissez à communiquer votre allégresse et votre amour de la vie à ceux qui vous côtoient. Vous m'apportez beaucoup, Florence. Vous illuminez, sans vous en rendre compte mon quotidien, et je retrouve une créativité artistique qui s'était envolée au décès de Geoffrey. Une partie de moi l'avait accompagné dans sa dernière demeure et je m'étiolais subrepticement, attendant que la mort vienne me surprendre à mon tour dans ce chalet chargé de tant de souvenirs. Et puis, vous êtes arrivée...

— Vos mots me touchent profondément Lise et je ne sais quoi dire. À part peut-être que je vous apprécie énormément et que j'ai eu un véritable coup de foudre pour cette demeure dès le premier regard. Très vite, j'ai ressenti un immense bien-être, comme si je puisais au cœur de ces murs une énergie bienfaisante.

C'était la première fois, depuis fort longtemps, que la comtesse laissait parler son cœur et l'émotion entre les deux femmes était palpable. Elles avaient uni leur solitude pour des raisons financières quelques mois plus tôt, et voici qu'au-delà de l'aspect matériel des choses, naissait entre elles un attachement sincère. Et même si elles ne prenaient pas encore conscience de la force de cette union, elles y puisaient une énergie qui les galvanisait.

Chapitre 4

La nuit était tombée depuis bien longtemps lorsque Lise, Florence et Margaux prirent place autour de la grande table en chêne habillée pour l'occasion d'une nappe blanche en lin comportant le monogramme brodé de la famille du comte. Les trois lettres entrelacées formaient un dessin en relief lui conférant une sobre originalité. Florence avait ajouté quelques bougies qui mettaient en valeur les assiettes en porcelaine de Limoges au décor floral. Le poêle à bois, récente acquisition de la comtesse, ronflait fort et dispensait une douce chaleur dans l'ensemble du séjour. La croziflette embaumait et Lise avait débouché un petit vin de Savoie pour fêter la venue de leur nouvelle pensionnaire.

— Ben dites donc, c'est ambiance quatre étoiles ce soir ! lança Margaux en descendant l'escalier. C'est tout le temps comme ça ici, parce que moi, c'est pas mon style, les grandes réceptions.

— Florence et moi essayons souvent de faire une jolie table pour le dîner, reprit Lise, et aujourd'hui est un jour spécial puisque nous vous accueillons.

— C'est parce que je suis là que vous avez fait tout ça ?

— Oui, souligna Florence, pour vous souhaiter la bienvenue.

— Et pour vous signifier que vous êtes ici chez vous, continua Lise.

Margaux fit une moue incrédule. Tout cela lui paraissait plus que bizarre. Ces deux femmes la recevaient avec beaucoup de gentillesse et de respect et elle n'était pas habituée à autant d'égards. Elle était méfiante par nature, car la vie ne l'avait pas épargnée et elle ne pensait trouver là qu'un lieu où dormir durant sa saison d'employée aux remontées mécaniques. La colocation n'était pas synonyme pour elle d'échange, voire d'amitié. Que lui voulaient-elles donc ? Devant son silence et son regard soupçonneux, Lise, tout en allant chercher le plat gratiné au four, se mit à parler de la région et du domaine des Portes du Soleil.

— J'imagine que vous appréciez les sports de glisse, Margaux ?

— Ben oui, j'aime le ski, sinon je serais plongeuse dans un restau ! J'ai déjà fait pas mal de stations depuis que je fais ce métier et Châtel me convient bien. Les gens sont moins chelous qu'ailleurs et il y a moins de bourges.

— Quand débutez-vous votre activité ? La neige peine à tomber cette année.

— Normalement, je commence le seize décembre si l'enneigement est suffisant. Mais ça va bientôt descendre, j'en suis sûre. D'ici un ou deux jours, ce sera parti.

Margaux répondait aux questions brièvement, sans tenter de relancer la conversation. Elle se mit à déguster la croziflette et, sans rien demander à personne, se resservit copieusement.

— Vous semblez apprécier notre plat régional Margaux, remarqua Lise.

— Je voudrais que vous m'appeliez Mag, OK ? Personne ne dit mon nom en entier. Et de toute façon, je le supporte pas. Et oui, vos pâtes sont bonnes. C'est pour ça que j'en reprends.

— C'est entendu, Mag, répliqua Lise. Nous n'utiliserons plus votre prénom — bien que pour ma part, je le trouve ravissant.

Le gâteau de Savoie accompagné de la crème anglaise eut autant de succès que le plat principal. Mag semblait affamée et dévorait les mets sans se préoccuper des deux femmes. Au bout d'un moment, Lise prit la parole pour donner quelques informations concernant le fonctionnement de la colocation.

— Le respect est la règle de base de notre petite collectivité, précisa-t-elle. Chacun peut vivre à son rythme, tout en tenant compte du bien-être des autres personnes présentes sous ce toit. Les lieux communautaires, comme la cuisine ou les salles de bains, doivent être laissés dans un état correct après chaque utilisation. Après vingt-deux heures, nous prenons soin de ne pas être trop bruyantes. Florence et moi nous retrouvons souvent pour dîner et si vous le désirez, vous pourrez nous rejoindre lors de ce moment de convivialité. Depuis quelque temps, nous avons créé une cagnotte commune pour la nourriture, car nous trouvons cela plus simple. Bien entendu, ce n'est pas une obligation et vous pouvez choisir la gestion qui vous convient. Avez-vous des questions, Mag ?

— Je vois pas trop. Ça a l'air plutôt strict votre affaire, mais c'est OK pour moi. De toute façon, je serai pas souvent là. Je dois être présente à neuf heures pour l'ouverture des pistes et je finirai vers dix-sept heures. On fait la fête presque tous les soirs avec les collègues. Je vous ennuierai pas beaucoup.

Mag refusa la tisane proposée par Florence et monta dans sa chambre. Les deux femmes passèrent au salon pour déguster leur breuvage brûlant. Le vent s'était levé et l'on pouvait entendre le chalet gémir sous ses assauts répétés. Le bois craquait de toutes parts et à l'étage un volet claquait. Les bougies projetaient des ombres fantasmagoriques sur les murs. Florence frissonna et s'emmitoufla dans un plaid, le regard empreint de mélancolie.

— Vous ne me semblez pas en forme, Florence, déclara Lise. Quelque chose vous chagrine ?

— J'avoue que j'espérais passer une soirée plus agréable. Je m'attendais à ce que Mag nous parle un peu d'elle afin que nous puissions mieux la connaître. Elle a un abord très bourru qui me met mal à l'aise.

— J'ai l'impression que cette jeune personne a dû se débrouiller seule bien souvent et qu'elle a fait le choix de vivre de façon à ne jamais être redevable. Du jour au lendemain, elle est dans l'obligation de partager son quotidien avec deux autres femmes ; tous ces changements doivent être extrêmement perturbateurs. Il faut qu'elle trouve ses repères et qu'elle apprenne à nous faire confiance. Le temps apaisera ses craintes, j'en suis certaine.

— Vous m'épatez, Lise. Margaux paraît aux antipodes de votre façon d'être et de concevoir la vie et au lieu de la juger, vous tentez de la cerner et de la comprendre. C'est incroyable !

— C'est la sagesse due à mon grand âge, répliqua Lise en souriant. Vieillir ne comporte pas que des désavantages. Nos multiples expériences nous permettent de porter un autre regard sur le monde qui nous entoure. Nous devenons plus indulgents, plus patients, nous développons notre bienveillance. Ces qualités sont essentielles pour accepter chaque individu dans sa différence, c'est-à-dire dans sa singularité et son unicité.

— Oh, j'ai l'impression que je retourne en cours de philosophie, mais c'est absolument passionnant.

— Oui, mais la soirée est bien avancée. Nous reprendrons cette conversation une prochaine fois si vous le voulez bien. Je vous souhaite une excellente nuit.

Alors qu'elle se dirigeait vers sa chambre, Lise reprit la parole :

— Tiens, c'est curieux, je n'entends plus le volet claquer ? Il s'est peut-être décroché à la suite d'une grosse bourrasque. Cette fois-ci, j'ai vraiment l'impression que nous entrons dans l'hiver !

— Mon premier hiver à la montagne, souligna Florence. J'ai hâte de découvrir la vallée d'Abondance sous la neige. À demain, Lise.

Florence ne fut pas déçue le lendemain matin. Le panorama avait totalement changé et l'on peinait à reconnaître la vallée. Elle était ensevelie sous un linceul blanc. Le vent avait cessé de souffler, mais les flocons tombaient dru sans discontinuer sur fond de ciel gris sombre. Tous les sons semblaient assourdis et le paysage statufié offrait un tableau impressionniste enchanteur.

Lorsqu'elle descendit pour prendre son petit déjeuner, elle entendit la voix de Mag dans la cuisine.

— J'vous l'avais bien dit que la neige arrivait. Je la sens toujours. Souvent, j'ai froid aux pieds et je peux pas m'réchauffer. C'est un signe.

— Vous aviez raison, Mag répliqua Lise. Bravo. Nous avons dorénavant une météorologue au chalet. Ce sera bien utile.

— J'ai aussi rattaché votre volet qui s'faisait la malle hier soir.

— Ah ! C'était vous ! Merci infiniment.

— J'me suis dit que je pourrais jamais roupiller avec ce boucan. C'est dans une des salles de bains.

— Bonjour tout le monde ! clama Florence. Avez-vous passé une bonne nuit ?

— Excellente ! répliqua Lise. Maintenant que je ne suis plus seule dans cette grande bâtisse, je dors comme un bébé.

— Et vous, Mag ?

— Moi, il faut que je m'habitue à l'espace. Mais c'est pas mal. Bon, j'vous laisse, je vais voir mes employeurs pour savoir où je vais bosser cette année. On commence dans quinze jours, et je pense qu'il y aura du monde.

— Oui, nous serons envahis comme à l'accoutumée, répliqua Lise. Et j'observerai, impuissante, la prise d'assaut de cette jolie vallée et de ses sommets par des énergumènes consuméristes et avides de sensations fortes en tout genre.

— Oh là là, faut pas vous emballer comme ça, comtesse ! Il en faut, des touristes, parce que ça fait vivre des gens comme moi. C'est fini le temps des aristos privilégiés. La montagne, elle appartient à tout le monde ! Et le ski, c'est quand même sympa. Et puis, les malpolis, moi j'hésite pas à les remettre à leur place. L'année dernière, il y en a un qui a balancé son kleenex juste avant de prendre le télésiège. Je lui ai dit gentiment qu'il avait oublié quelque chose et j'ai pas ralenti la bécane. Il a eu un départ un peu raide et on a tous rigolé ! Sûr qu'il a dû avoir mal aux fesses pendant un p'tit bout de temps, le couillon.

Florence, témoin de cet échange, ne put s'empêcher de rire aux éclats. Lise ouvrait de grands yeux et Mag, en revivant cette scène, s'était détendue et offrait un visage presque mutin. Flo se sentait bien entre ces deux femmes qui, malgré leurs manières et leurs langages si dissemblables, avaient peut-être plus de points communs qu'on ne l'imaginait. Mag, surprise de la gaieté et de la spontanéité de Florence, la dévisagea.

— Bon, faut que j'm'arrache, lança-t-elle. Le chasse-neige monte jusque dans votre coin paumé ou est-ce que j'vais devoir jouer au cascadeur ?

— Normalement l'employé communal déneige pratiquement jusqu'au chalet, précisa Lise. Cela dépend des jours.

— Super ! Salut les filles. Je sais pas quand je rentre alors faites comme si j'étais pas là.

Mag enfila sa grosse doudoune et ses chaussures de marche et sortit dans le froid.

Avant de claquer la porte, elle cria :

— Faudra aussi déblayer le devant de la maison, j'ai pas le temps de l'faire.

— Pas de souci, répondit Florence, je m'en chargerai.

— Elle est absolument unique, reprit-elle en se tournant vers Lise. Je crois que je vais bien m'entendre avec elle ! Elle a de la répartie et le sens de l'humour.

— Je pense également pouvoir créer une relation intéressante avec Margaux, renchérit Lise. Elle me plaît. J'aime son franc-parler et je suis persuadée qu'elle cache sous son aspect d'ours mal léché une sensibilité à fleur de peau.

Florence prit son petit déjeuner puis débarrassa la table. Elle descendrait un peu plus tard à Châtel pour se rendre à la boutique. Elle travaillerait à temps plein dès la semaine suivante, et il lui tardait de découvrir cette nouvelle ambiance au cœur de la station. Elle pensait également à Noël. Elle avait très envie de passer les fêtes avec Anaïs, mais elle n'était plus enseignante et n'aurait pas de jours de congé. Et Romain exigerait peut-être d'avoir sa fille auprès de lui durant les vacances. Et puis, comment réagiraient les grands-parents ? Eux aussi voudraient certainement profiter de leur petite-fille. Alors qu'elle entrait dans sa chambre, elle ressentit tout à coup une tristesse incommensurable et sa bonne humeur s'évanouit. Les souvenirs affluèrent par vague et elle se remémora les plus beaux Noëls qu'elle avait vécus. Comme tout lui paraissait simple à cette époque. Elle était sûre d'elle, fière de son couple et n'imaginait pas que son bonheur puisse se volatiliser sans crier gare. Elle était bien souvent à l'initiative des réunions de famille et Noël ne dérogeait pas à la règle. Son mari trop occupé par son métier lui laissait carte blanche pour organiser les festivités. C'est elle qui rivalisait d'ingéniosité et de créativité pour rassembler leurs proches et faire de ces retrouvailles des instants de convivialité et de félicité. Pourtant, rien n'était simple, car les Guerrec n'avaient aucun point commun avec Adeline et Marc. Au fil des années, son conjoint avait d'ailleurs préféré ne plus inviter ses parents arguant qu'ils n'étaient jamais contents et critiquaient tout. C'était donc Adeline et Marc, accompagnés de Robin, Sonia et leurs deux enfants qui entouraient le couple lors de ces moments familiaux qu'affectionnait particulièrement Florence. Durant plusieurs années, ils avaient loué des gîtes dans différents endroits de France pour innover et se regrouper au cœur de régions inconnues. Anaïs adorait passer du temps avec ses grands-parents et ses deux cousins qu'elle chérissait. Rituellement, les plus jeunes s'occupaient de la décoration du sapin alors que les femmes se chargeaient de celle de la table. Les enfants appréciaient les veillées où l'on se divertissait autour de jeux de société jusque tard dans la nuit. Puis venait le moment tant attendu où Romain grattait sa guitare et invitait les convives à reprendre en chœur des chants connus. Florence se surprit à ravaler ses larmes. À l'évocation de ces souvenirs, elle prit conscience de tout ce qu'ils avaient enlevé à leur fille à cause de leur séparation. Et même si Anaïs était assez mature aujourd'hui pour maintenir tous ces liens ou en créer d'autres, cette unité familiale que Florence avait patiemment édifiée n'existait plus pour personne.

Elle décida d'appeler Anaïs pour tenter de mettre sur pied quelque chose et savoir si son ex-mari s'était déjà manifesté auprès d'elle. Étonnamment, elle répondit à la première sonnerie.

— Ma petite maman, comment vas-tu ?

— Très bien, ma grande. Ce matin, les premières neiges ont fait leur apparition dans la vallée. Tout est blanc et c'est absolument magnifique. Et toi, quoi de neuf ?

— Pas grand-chose. Beaucoup de travail. J'ai mes partiels qui arrivent et je suis bien fatiguée. Vivement les vacances.

— À ce propos, sais-tu ce que tu veux faire pour les fêtes de fin d'année ? En as-tu déjà parlé avec ton père ?

— C'est compliqué avec papa. Il revient rarement à Besançon et j'ai l'impression qu'il fait les quatre volontés de sa pouffe.

— Anaïs, je t'ai déjà demandé de ne pas traiter sa compagne de cette façon.

— C'est bon, Maman, je déteste cette femme et de toute façon, je suis certaine que ça ne durera pas. Je ne sens pas papa heureux et il n'arrête pas de prendre de tes nouvelles. Il a voulu regarder les photos que j'avais faites du chalet, il m'a demandé si tu avais trouvé du travail. Bref, maintenant qu'il t'a quittée, il n'a que ton prénom à la bouche.

— C'est de la simple curiosité.

— Pas si sûr. En tout cas, moi, j'ai envie de passer Noël avec toi et j'aimerais bien que mamie Adeline et Marc soit là. Je ferai Pâques avec papa si ça lui fait plaisir.

— Tu lui en as parlé ?

— Oui et non. Je lui ai déjà dit que c'était hors de question que je ne te voie pas pour les fêtes de fin d'année. Il n'a rien répondu. Donc c'est qu'il est d'accord. On s'organise comment toutes les deux ?

Florence se sentit inondée d'une joie fébrile. Sa fille avait envie d'être à ses côtés pour son premier Noël de célibataire et c'était un fabuleux cadeau qu'elle lui offrait.

— Je vais y réfléchir reprit-elle. J'aimerais beaucoup inviter ma mère et Marc. Je pense que ça leur ferait très plaisir. Tu pourrais les retrouver à Dijon et vous feriez la route ensemble.

— Ce serait super. Je serais vraiment contente de passer du temps en leur compagnie. Je les ai parfois au téléphone, mais je ne les ai pas revus depuis cet été.

— Mais je ne suis pas seule à décider, je dois en discuter avec Lise et Mag, ajouta Florence.

— Mag ?

— La nouvelle locataire. Je t'avais annoncé son arrivée prochaine. Eh bien, ça y est, elle s'est installée au chalet.

— Elle est sympa ? Comment ça se passe ?

— C'est une originale, mais je pense que nous pourrons cohabiter sans problème.

— Dis donc, il n'y a que des excentriques dans cette maison. Il me tarde de faire la connaissance de ta coloc. Je t'aime, Maman.

— Moi aussi, ma chérie. Prends soin de toi.

— T'inquiète. Je suis heureuse et je commence à digérer votre séparation. Ça te rassure ?

— Oui, un peu. Bon courage pour tes examens. Je te rappelle dès que j'en sais plus sur l'organisation.

— OK, bisous.

Florence avait retrouvé son allégresse. Elle avait créé avec sa fille tout au long de ses années un lien dont elle était fière. Il lui semblait qu'elle avait permis à Anaïs de développer son autonomie et de devenir adulte tout en étant présente lorsque cette dernière en ressentait le besoin. Aujourd'hui, elles étaient très complices, tout en ayant chacune leur vie et leur jardin secret.

Florence décida de parler à Lise le plus tôt possible. Elle frappa à la porte de son atelier et la voix de la comtesse l'invita à entrer.

— Excusez-moi, Lise, auriez-vous un moment à m'accorder pour que nous évoquions l'organisation des fêtes de fin d'année ?

Lise habillée d'une vieille blouse grise se tenait face à un chevalet, un pinceau entre les doigts.

— Avec grand plaisir, répondit-elle. Je commençais à manquer d'inspiration et j'ai eu l'envie de retourner au figuratif et de peindre ces sommets enneigés. Vous n'êtes d'ailleurs pas totalement étrangère à ce désir. Vos émerveillements enfantins devant Dame Nature m'offrent un nouveau souffle pictural. Je prends le temps d'observer intensément ces paysages qui m'entourent et j'ai décidé de les déposer sur la toile au gré de mon imagination.

— Mais c'est épatant, je serais ravie de devenir votre muse !

— Peut-être bien… Bon, dites-moi ce qui vous amène dans mon antre ?

Florence relata rapidement sa conversation avec Anaïs et leur souhait de passer Noël en famille au chalet. Elle ajouta aussitôt qu'elle comprenait que sa demande puisse déplaire et qu'elle ne s'offusquerait pas d'un refus.

— Mais je trouve cette idée fantastique, reprit Lise. Cela fait bien longtemps que ma demeure n'a pas accueilli d'invités. Ce sera une merveilleuse fête, vous verrez.

Lise se tut et devint pensive. Au bout d'un moment, elle s'exclama :

— Et moi aussi, après tout, je vais lancer une invitation.

Florence se doutait qu'il ne s'agissait pas de son fils Jean-Charles puisqu'il ne donnait que très peu de nouvelles à sa mère et n'avait jamais voulu revenir dans la région.

— Je serais vraiment heureuse de faire la connaissance d'une personne que vous appréciez, répliqua-t-elle. De toute façon, si elle fait partie de vos amis, elle ne pourra être que de bonne compagnie.

Lise sourit à la façon d'une adolescente prise en faute.

— Mais elle ne vous est pas inconnue, ajouta-t-elle. Il s'agit d'Antoine qui vient régulièrement me rendre visite. Il m'a beaucoup aidée à la mort de Geoffrey. Sa femme était décédée quelques années plus tôt d'un cancer et nous avions sympathisé avec ce veuf très discret dont la ferme était relativement proche de notre chalet. Lorsqu'à mon tour je perdis mon conjoint, il comprit tout de suite les souffrances que j'allais endurer et m'offrit un soutien sans faille. Nous sommes devenus d'excellents amis, mais depuis quelque temps, il me semble que ses sentiments ont évolué et qu'il me courtise. De mon côté, j'éprouve quelques difficultés à définir ce que je ressens pour lui. De ce fait, j'ai mis un peu de distance entre nous. Il me semble qu'à notre âge, ce ne serait pas très raisonnable de flirter comme deux tourtereaux. Et puis, j'aurais l'impression de trahir Geoffrey.

— Mais enfin, Lise, il n'y a pas d'âge pour tomber amoureux !

— Tout de même, j'ai dépassé les soixante ans et lui aussi ! Ce ne serait pas très correct.

— Et alors ? Vous êtes encore si belle et si élégante, et vous avez aussi droit au bonheur !

Rassurée par la réaction de Florence, Lise continua :

— Antoine est souvent seul, car ses enfants vivent à l'étranger. Puisqu'il y aura une réception au chalet et que nous ne serons pas en tête-à-tête, je peux me permettre de lui proposer de passer Noël avec nous. Qu'en dites-vous ?

— Excellente idée ! reprit Florence. Mais il faudra également demander à Mag ce qu'elle compte faire durant les fêtes.

— Bien sûr. Nous lui en parlerons ce soir lorsqu'elle rentrera.

Les deux femmes se séparèrent pour retourner chacune à leurs occupations. Florence entreprit de déblayer le devant de la maison, ce qui n'était pas une mince affaire. La neige s'était amoncelée durant la nuit pour former une masse compacte et le maniement de la pelle nécessitait une certaine énergie. Au bout de dix minutes, elle n'avait plus froid et des gouttes de sueur glissaient le long de son dos. Prise dans son activité, elle n'entendit pas tout de suite le bruit du 4x4 qui grimpait la route verglacée avec une facilité déconcertante. Lorsqu'elle se retourna, fourbue par le travail qu'elle effectuait, elle aperçut Antoine qui venait à sa rencontre. Il s'approcha d'elle le visage souriant.

— Bonjour, Florence, lui lança-t-il. Ça y est, vous découvrez les joies de l'hiver en montagne ?

— Bonjour, Antoine. Oui, le paysage est absolument sublime. Par contre, le déneigement est moins enthousiasmant et j'ai l'impression que je ne possède pas la bonne technique.

— Justement, je venais voir si vous aviez besoin d'aide pour dégager les abords du chalet, car ce n'est pas toujours simple quand la neige tombe en abondance comme cette nuit.

— Oh ! c'est très aimable à vous, répliqua Florence. J'accepte avec plaisir, car je suis en phase d'apprentissage et je pense que je vais y laisser pas mal de calories !

— Je vais vous donner un coup de main, ajouta Antoine en éclatant de rire.

Il retourna à sa voiture pour prendre son matériel et entreprit de seconder Florence tout en lui expliquant la meilleure façon de manier la pelle. Lorsque l'accès au chalet fut dégagé, Florence lui proposa d'entrer boire quelque chose et de prévenir Lise de sa présence. La comtesse ne se fit pas attendre et vint embrasser chaleureusement son voisin. Elle le remercia pour sa gentillesse et ils se mirent à discuter autour d'un café.

Au bout d'un moment, Florence s'éclipsa pour les laisser seuls. Elle remonta dans son bureau et décida d'appeler sa mère et Marc. Légèrement anxieuse à l'idée d'un refus, elle composa le numéro d'Adeline. Cette dernière décrocha rapidement le téléphone et prit un ton désespéré quand elle entendit sa voix. Informée que de grosses chutes de neige paralysaient la Haute-Savoie, elle imaginait sa fille isolée au milieu de nulle part, luttant contre le froid.

— Maman, je vais très bien, expliqua Florence excédée. Je ne vis pas dans un igloo en plein Arctique. Anaïs t'a envoyé des photos du chalet et tu as pu constater que j'étais bien installée.

— J'ai tellement peur que tu aies fait une bêtise en déménageant dans cette région totalement perdue. Tu as quitté une luxueuse villa, un métier très intéressant, des amis, pour te retrouver en colocation dans une maison qui tombe en ruine. Et en plus, tu as choisi de devenir vendeuse. Comment veux-tu que je sois sereine ?

— Maman, pourquoi faut-il toujours que tu sois aussi défaitiste et désagréable ? Si tu continues, je raccroche.

— C'est bon, ne le prends pas comme ça. Tu as un caractère effroyable !

Florence se retint de lui dire que c'était elle qui était insupportable et qui bien souvent l'empêchait d'être pleinement heureuse. Elle avait le don de la culpabiliser ou de dénigrer ses choix de vie. Avare de compliments à son égard, elle n'avait guère changé d'attitude lorsque Florence était devenue maman et il lui avait semblé que sa mère continuait à la considérer comme une éternelle adolescente.

— Je t'appelais, reprit Florence, pour vous inviter Marc et toi à venir au Léchat pour Noël. Anaïs sera présente également et elle a très envie de vous voir.

— Mais je pensais que nous le fêterions à Dijon, répliqua Adeline d'une voix tendue, puisque tu n'as plus de logement. Nous aurions même pu recevoir Sonia, Robin et leurs enfants. Le fait que tu sois séparée ne doit pas nous empêcher de nous réunir comme d'habitude.

La remarque de sa mère la fit frémir. Elle retournait le couteau dans la plaie sans le vouloir, mais Florence se sentit profondément meurtrie. Effectivement, la famille ne se retrouverait pas pour les fêtes à cause de sa rupture. C'était donc de sa faute. Pourtant elle décida de ne pas se laisser culpabiliser sans réagir et répliqua :

— Maman, je te rappelle que ta vie n'a pas été un long fleuve tranquille et que tu es également une femme divorcée. Pourquoi faut-il toujours que tu sois aussi détestable avec moi ? D'autre part, je ne suis pas sans habitation et tu le sais très bien.

— Comme d'habitude, tu te défends en attaquant, reprit sa mère. Et tu n'hésites pas à évoquer mon existence difficile et mes douleurs passées. Tu n'as donc aucune indulgence ?

Se positionner en victime pour éviter de se remettre en question était récurrent chez sa génitrice et Florence espérait ne jamais ressembler à cette femme, souvent dans la plainte, inquiète de tout et franchement rabat-joie par moment.

Le bonheur qu'elle avait ressenti en composant son numéro s'était totalement évanoui. Sa mère avait le don de la rendre triste tout en suscitant sa colère. Heureusement qu'il y avait Marc. Elle adorait cet homme d'une grande bonté et d'une vive intelligence. Elle s'était toujours demandé comment il pouvait supporter Adeline. Elle appréciait leurs échanges ; il avait été pour elle un père de substitution et un ami.

Florence tenta de se calmer et déclara :

— Comme tu me l'as si gentiment fait remarquer, je ne suis plus enseignante et je ne bénéficie plus de congés durant les vacances scolaires. Je ne pourrai donc pas venir à Dijon cette année. Par contre, je serais vraiment très heureuse de vous recevoir, ainsi que Lise. Et je pense que Marc sera ravi de vivre un Noël en pleine montagne. D'ailleurs puis-je lui parler ?

— Très bien, je vois que notre discussion est terminée. Je vais réfléchir à ta proposition. Au revoir, Florence.

— Au revoir, Maman.

Elle l'entendit encore ronchonner, puis Marc prit le combiné. Sa voix chaude et bienveillante l'apaisa aussitôt.

— Bonjour, Flo. Comment vas-tu ? Je suppose que la conversation n'a pas été facile avec ta mère ?

— Bonjour, Marc. Oui, pourtant j'étais tout heureuse en vous appelant. Je voulais vous inviter à passer Noël au chalet, mais maman gâche tout et j'en ai assez.

— Tu la connais, Florence. Ce n'est pas à son âge qu'elle changera. Elle s'inquiète pour toi. Il faut la comprendre. Mais au fond, elle t'aime, tu le sais bien.

— Mouais... Si tu le dis... Je crois plutôt qu'elle se fait du souci pour elle et que venir ici ne l'enchante guère. Mais moi, j'ai très envie que vous soyez là pour les fêtes, et Anaïs aussi.

— C'est une excellente idée et je me réjouis de découvrir ton lieu de vie et ta comtesse. Ne crains rien, je vais convaincre ta mère. Et de toute façon, je suis persuadé qu'elle désire vous voir toutes les deux. Elle t'avait déjà proposé de venir passer quelques jours au Léchat, mais elle n'imaginait pas que ce serait pour Noël. Il faut simplement qu'elle accepte de modifier son organisation de fin d'année. Par contre, où coucherons-nous ?

— Je pensais vous réserver une chambre dans un bel hôtel à Châtel ou à la Chapelle d'Abondance.

— Tu choisis quelque chose de très joli, reprit Marc. Ta mère affectionne tout ce qui est romantique. Et peu importe le prix.

— Pas de problème. Je me réjouis tellement de votre venue. Merci, Marc, je t'adore.

— Et tu nous diras ce que l'on doit apporter pour le repas, car nous participerons bien évidemment. Nous pouvons offrir du bon vin, du foie gras… Bref, ce qui te fera plaisir.

— C'est très gentil à vous deux. À très bientôt alors. Je t'embrasse.

Florence raccrocha plus détendue. Marc saurait, comme à son habitude, décider sa mère, et Florence était réellement comblée de partager ce premier Noël de femme seule entourée par sa famille. Elle allait tout mettre en œuvre pour que cette fête soit inoubliable.

Chapitre 5

L'ouverture de la saison avait lieu ce week-end, mais il manquait encore quelques chutes de neige pour que le domaine soit praticable en totalité. Florence travaillait à temps plein et ses journées étaient chargées. Outre les clients qui commençaient à affluer, elle devait également s'occuper de la réserve et déballer les cartons de vêtements, ce qui lui offrait peu de moments pour souffler. Elle rentrait souvent fatiguée, et la route conduisant au chalet n'était pas toujours aisée. Antoine lui avait promis de lui dégoter un 4x4 d'occasion afin qu'elle puisse s'aventurer plus facilement sur les chemins gelés ou enneigés. En attendant, elle empruntait celui de Lise, qui n'était plus de toute première jeunesse, ou elle effectuait le trajet jusqu'à Châtel avec Mag dans son vieux camping-car. Habituée aux routes de montagne, cette dernière passait partout avec une dextérité incroyable. Rien ne semblait lui faire peur, et Flo s'était familiarisée avec sa conduite sportive et ses dérapages incontrôlés. Elle ponctuait son pilotage d'onomatopées insolites qui faisaient éclater de rire Florence et amenait régulièrement un sourire sur ses lèvres. Parfois Flo lançait des sujets de conversation, mais confrontée au mutisme de son chauffeur, elle avait fini par accepter ces trajets silencieux. Très pudique sur sa vie, Margaux ne se livrait pas et Florence respectait ce choix en ne posant aucune question qui puisse la mettre mal à l'aise.

Ce matin-là pourtant, après quelques kilomètres, Mag prit la parole, sans utiliser son ton frondeur habituel :

— Je pense que j'peux te faire confiance, lança-t-elle en dévisageant rapidement sa passagère. J'voudrais pas que la comtesse soit au courant de ce que j'vais te dire.

— Aucun problème, reprit Florence. Je sais garder un secret.

— Ben voilà. J'étais hier soir dans un troquet avec des potes après le boulot. On était tous attablés en train de siroter des bières et on rigolait bien quand un mec au bar a commencé à me r'garder bizarrement. Au début, j'm'en suis moqué et j'ai poursuivi la discussion. Lui, il continuait à descendre des canons tout en me fixant et au bout d'un moment, il s'est levé, et il est venu se planter devant moi le regard mauvais.

— Et que s'est-il passé ? interrogea Florence, interloquée. Il a été violent envers toi ?

— Il était bien éméché et un de mes copains lui a dit de nous laisser tranquilles. Et là, le gars m'a prise à partie en me demandant si c'était bien moi qui avais loué chez l'aristo. Je lui ai répondu que ça ne le regardait pas et que j'avais pas envie de lui raconter ma vie. Il s'est mis à me hurler dessus en disant que j'étais aussi pimbêche qu'elle, mais que maintenant, elle n'avait plus un sou et qu'elle finirait bien par quitter la vallée, et que c'était pas en prenant des locataires qu'elle s'en sortirait. Je lui ai dit que de toute façon, c'était pas son problème et qu'je supportais pas les fouineurs.

— Mais c'est complètement dingue cette histoire, et ça s'est fini comment ?

— Oh, le mec m'a insultée et a sous-entendu que vivre entre femmes, c'était pas normal et qu'on devait avoir des mœurs bizarres. Et il a ajouté que si l'aristo voyait plus son fils, c'était bien qu'il s'était passé des choses graves. Le ton montait, et comme un de mes potes l'avait chopé par les épaules pour le virer, il a fini par décamper.

— Mais c'est absolument odieux, s'écria Florence. Comment peut-on dire des choses aussi abjectes !

— Il suffit d'être con et méchant. Mais j'voulais savoir si la comtesse t'avait parlé de problèmes avec certains habitants.

— Non, elle ne m'a pas dit grand-chose, à part qu'elle était très solitaire. Mais le couple qui m'a hébergée en juillet lors de ma recherche de logement m'a raconté que Lise était jalousée et que certains auraient voulu qu'elle quitte la vallée après la mort de son mari.

— C'est bon à savoir, reprit Mag. Si le fait qu'on habite chez elle peut lui éviter de vendre son chalet et de faire plaisir à des connards, on va rester le plus longtemps possible.

— Là, je suis tout à fait d'accord avec toi.

— Et on la ferme. C'est pas la peine de l'inquiéter. On verra comment ça évolue. Si ça s'trouve, c'est simplement un mec bourré qu'a voulu faire le malin, ou des petites jalousies de village qui portent pas à conséquence.

— OK.

Elles se séparèrent au centre de Châtel pour rejoindre chacune leur lieu de travail. Florence était perturbée par le récit de Mag. Il corroborait les propos tenus par les Deminzas. Lise, malgré sa gentillesse et sa discrétion, était loin d'être appréciée par tout le monde, au point que l'on s'en était pris à l'une de ses locataires. Elle se souvint alors de la manière dont sa cliente l'avait humiliée au magasin quinze jours plus tôt. Lucie semblait stupéfiée par l'incident et Maud avait tout fait pour la rassurer, sans chercher à savoir ce qui s'était réellement passé. Avait-elle été prise à partie également parce qu'elle logeait au Léchat ? Le doute s'insinuait dans son esprit alors qu'elle franchissait le seuil de la boutique. Elle devait être vigilante. Mais une chose était sûre, ces intimidations ne les empêcheraient pas de continuer à vivre sous le même toit que leur comtesse. Les paroles de Mag en étaient la plus belle preuve. Apaisée, elle accueillit son premier client avec aménité.

Bien qu'elle soit peu présente au chalet, Mag ne rechignait pas devant les tâches qui lui incombaient. Très bricoleuse, elle préférait réparer ce qui ne fonctionnait pas plutôt que de faire le ménage. Naturellement, les trois femmes avaient modifié quelque peu la répartition des corvées pour que chacune y trouve son compte. Lise adorait préparer de bons repas, Flo se transformait périodiquement en fée du logis pour nettoyer les parties communes et Mag retapait tout ce qui pouvait être défectueux dans la maisonnée.

Depuis l'incident du bar, Margaux avait accepté de souper quelques fois en compagnie des deux femmes, et même de rester prendre une tisane après le dîner. À la lueur des bougies, elles sirotaient leur boisson chaude tout en racontant leur journée. Mag les écoutait en silence, lâchant parfois une plaisanterie sur la comtesse et sa vie d'antan. Elle semblait moins sur la défensive, mais gardait ses distances s'enfermant bien souvent dans sa chambre ou sa pièce à tout faire. Florence l'avait beaucoup remerciée de la véhiculer, mais elle lui avait signifié qu'elle l'aurait fait pour n'importe qui d'autre. Parfois blessée par ses réponses, Flo se disait qu'elle n'arriverait jamais à briser la glace, mais Lise avait toujours une parole rassurante, lui remémorant que le temps était un allié de poids.

Mag avait accepté sans aucun problème que Lise et Florence reçoivent du monde pour Noël, mais la discussion s'était mal terminée sans qu'elles comprennent ce qui avait provoqué la violence subite de Margaux à leur égard. En effet, lorsqu'elles lui avaient suggéré d'inviter des personnes qui lui étaient chères, son visage s'était durci et elle avait répliqué en se levant brutalement qu'elle n'avait ni famille ni amis et qu'elle espérait qu'elles intégreraient l'information. Lise, comme à son habitude, était restée calme et n'avait rien fait pour retenir Margaux, partie sans un mot dans sa chambre. Mais alors que la comtesse acceptait les modifications de comportement de Mag sans paraître affectée, il n'en allait pas de même pour Florence. Les moments d'agressivité de la jeune femme la troublaient et mettaient sa patience à rude épreuve. Quand elle avait choisi cette colocation au début de l'été, elle était persuadée que ce n'était que provisoire et qu'elle chercherait très vite à obtenir un logement bien à elle. Étonnamment, elle avait trouvé facilement ses marques au Léchat et s'était attachée à Lise et à son chalet, malgré sa vétusté. La présence de la comtesse, son écoute attentive et sa bienveillance lui avaient permis de commencer sa vie de célibataire en douceur. Rapidement, un lien profond s'était tissé entre elles, fait de connivence, de respect et d'admiration réciproques. Aujourd'hui, elle se sentait chez elle dans cette immense demeure. Elle avait appris à l'aimer, et le chalet lui correspondait en tous points. Elle rêvait de redonner à cette bâtisse son faste d'antan. Elle avait en tête certains projets, mais n'osait pas les dévoiler à Lise de peur que celle-ci trouve ses propositions incongrues.

Elle avait également l'impression que sa rupture avec Romain l'avait fragilisée, augmentant la perméabilité à son environnement. Elle était souvent à l'affût d'un regard aimable, d'un signe de reconnaissance et les sautes d'humeur de Margaux l'affectaient de façon tangible. Elle se remettait alors en question et cherchait dans ses propos ce qui avait pu la rendre irascible à ce point. Ces moments chargés de forte tension l'épuisaient comme si la souffrance qu'elle ressentait chez cette jeune femme faisait écho à la sienne et la réactivait.

Après avoir quitté brutalement le séjour, Mag s'était enfermée dans sa chambre envahie par une rage qu'elle ne maîtrisait pas et dont elle ne percevait pas l'origine. Elle s'était allongée sur son lit et s'était retenue de fumer un joint pour se détendre, ce qui lui arrivait fréquemment, sauf au chalet où elle se l'interdisait. Les yeux fixés sur les poutres du plafond, elle s'était tout à coup demandé ce qu'elle faisait là, à habiter une maison délabrée avec deux autres femmes. Qu'est-ce qui lui avait pris d'accepter cette colocation alors qu'elle avait décidé de ne plus s'encombrer de personne ? Depuis qu'elle avait quitté le domicile familial il y a douze ans en claquant la porte, à peine majeure, elle avait fait le choix de vivre libre et sans attache. Quand elle avait eu réellement besoin d'aide parce que sa vie avait éclaté en mille morceaux, personne n'avait voulu la croire et la soutenir. Même sa propre famille lui avait tourné le dos. Elle s'était retrouvée totalement seule pour affronter l'inacceptable. Depuis ce jour, elle s'était forgé une véritable carapace et s'était promis de ne plus jamais faire confiance à personne. Elle avait brillamment réussi. Elle était partie un beau matin, sac au dos, avec quelques économies et ce que sa mère lui avait donné en la suppliant de rester, le visage baigné de larmes. Margaux lui avait rappelé son silence puis l'avait quittée pour ne jamais revenir. Elle avait voyagé dans le monde entier, espérant que la distance atténuerait ce sentiment d'avoir été broyée. Elle avait erré, saisi des opportunités au hasard des rencontres, et ne s'était pas trop mal débrouillée. Elle avait eu besoin de fuir aussi loin que possible, de faire la route sans se retourner et de mettre des milliers de kilomètres entre elle et sa famille. C'était sa façon à elle de se purifier et d'oublier l'horreur.

Puis, elle était revenue en France et avait commencé ses activités saisonnières. Perchiste l'hiver, elle dénichait des petits boulots dans des restaurants ou des campings l'été. Futée et pleine de ressources, elle s'en était toujours sortie et ne regrettait rien. Et voilà qu'elle se retrouvait à vivre avec deux femmes, qui lui témoignaient de la sympathie et du respect. Elle n'était pas prête pour ça. Et ce chalet qu'elle avait choisi uniquement pour y passer ses nuits se révélait être un lieu chaleureux et bien agréable. Tout était trop compliqué, et elle ne gérait plus ses émotions. Alors, elle pétait un câble régulièrement et se rendait compte qu'elle faisait du mal à Florence — et peut-être à Lise, même si cette dernière semblait plus forte. Mais comment faire autrement ? Elle ne souhaitait plus créer de liens, ni s'ouvrir aux autres ni tenter la confiance, car elle avait trop souffert jusqu'à vouloir en finir avec la vie.

Pourtant, au fond d'elle, quelque chose était en train de se modifier imperceptiblement et plusieurs signes l'avaient alertée. Elle pouvait parfois baisser la garde et se sentir presque heureuse quand elle bricolait à l'étage pendant que Lise cuisinait et que Flo rangeait le séjour. Elle se laissait amadouer par ce quotidien rassurant, entourée de ces deux êtres qui l'attiraient irrésistiblement. Qu'elle réussisse à s'attacher à nouveau et que l'on puisse l'apprécier – et peut-être l'aimer –, alors qu'elle-même se détestait, infestée par une rage qui la consumait à petit feu, l'effrayait tellement qu'elle préférait repousser violemment les mains qu'on lui tendait. Cependant, l'agression verbale dont elle avait fait l'objet dans le bar contribuait à amenuir ses réticences, et renforçait chaque jour ses liens avec les deux femmes.

Florence attendait Noël avec impatience pour revoir sa famille. Romain n'avait fait aucune difficulté pour qu'Anaïs passe les fêtes avec sa mère. Lui-même avait décidé de partir chez ses parents durant cette période et Florence avait été étonnée qu'il ne soit pas auprès de Diane à Paris. Elle avait trouvé un très bel hôtel à la Chapelle d'Abondance pour loger Marc et Adeline qui arriveraient le vingt-trois décembre dans l'après-midi, accompagnés d'Anaïs. Elle se faisait une joie de vivre ces moments de fête entourée de ceux qu'elle aimait. Le vingt-cinq décembre tombait un lundi, et Maud lui avait permis de prendre son dimanche ; elle aurait donc deux jours de congés pour profiter de ses proches, et cela l'enchantait.

Le temps filait, laissant l'hiver transformer la vallée en l'habillant de pastels aux tons bleutés. Lise et Florence se retrouvaient après le dîner pour réfléchir à l'organisation des festivités. Antoine leur avait apporté un sapin venu tout droit de sa parcelle de forêts et depuis deux jours l'arbre trônait majestueusement dans le séjour. Florence s'était chargée d'acheter de belles décorations à Châtel et lors d'une soirée, Lise et Flo l'avaient paré de boules et guirlandes rouges et or, sous le regard étonné de Mag qui passait en coup de vent. Elles avaient également entouré les fenêtres de branches de sapin et de rubans, et sur la porte d'entrée était accrochée une jolie couronne en pommes de pin, agrémentée de bâtons de cannelle et de nœuds de satin. Anaïs appelait plusieurs fois par jour pour demander l'avis de sa mère concernant les cadeaux pour sa grand-mère et pour Marc. De son côté, Florence avait décidé d'offrir une petite surprise à chaque personne présente, utilisant ses jours de repos pour faire du shopping à Thonon-les-Bains et à Genève. Elle désirait que son premier Noël au Léchat soit une réussite. Elle avait l'impression, en organisant cette fête incontournable à ses yeux, de reconstruire sa famille et de retisser autour d'elle et de ceux qu'elle chérissait un cocon protecteur et apaisant. Elle avait simplement regretté que Mag refuse de réveillonner avec eux le vingt-quatre décembre. La jeune femme avait souligné n'avoir aucun jour de repos durant cette période où la station tournait à plein régime, ajoutant qu'elle avait déjà donné son accord pour faire la fiesta avec des potes pisteurs. Grimaçant à moitié et légèrement agressive, elle avait rappelé à Flo qu'elle n'avait certainement pas le look désiré pour passer une soirée avec des aristos et des bourgeois. Une fois encore, Florence s'était sentie meurtrie. Totalement déboussolée face aux comportements de Margaux et, ne sachant quelle posture adopter, elle était envahie par une tristesse diffuse qui alourdissait son quotidien. Et malgré l'attitude positive de Lise et sa capacité à relativiser les choses, Florence trouvait parfois l'ambiance au chalet pesante.

Le vingt décembre, Florence reçut un appel d'Alban qui la déconcerta. C'était au tour de son ex-femme d'avoir Martin pour les vacances et il se retrouvait seul durant les fêtes, car les amis qui l'accompagnaient habituellement au ski avaient annulé leur séjour suite au décès d'un proche. Il paraissait mal en point et lui demandait s'il pouvait passer Noël en sa compagnie. Ils ne s'étaient pas revus depuis son départ de Besançon, mais ils s'envoyaient quelquefois des SMS ; elle lui avait même téléphoné un soir pour prendre de ses nouvelles. Il s'en était réjoui, laissant transparaître une vive émotion. Il lui avait posé de nombreuses questions sur son existence actuelle, lui rappelant à plusieurs reprises qu'il pensait à elle chaque jour. Le timbre chaud et puissant de sa voix avait procuré un réel bien-être à Florence. Peu à peu, elle avait glissé dans une étrange torpeur et avait dû faire appel à toute sa volonté pour mettre fin à la conversation et reprendre possession d'elle-même.

Quelle attitude devait-elle adopter ? Devait-elle refuser sa présence en lui disant qu'il avait certainement une famille qui pouvait l'accueillir ou bien répondre positivement à son SOS et le recevoir au chalet ? Elle décida de prendre conseil auprès de sa comtesse. Guidée par d'agréables effluves, elle se dirigea vers la cuisine.

— Bonsoir, Lise, ça sent délicieusement bon ! lança-t-elle avec une moue gourmande. Que nous concoctez-vous ?

— Ce soir c'est soupe à l'oignon et gratin de carottes à la cannelle. Cuisiner pour d'autres personnes me motive, et je prends plaisir à innover. Comment allez-vous ?

— Bien. Les préparatifs de Noël occupent tout mon temps libre et me réjouissent. Je suis si heureuse que nous puissions tous être réunis. C'est merveilleux. Mais je voudrais vous entretenir d'un sujet qui me pose problème.

— Je vous écoute.

— Je vous ai déjà parlé d'Alban, cet ami de faculté qui m'a retrouvée sur Facebook. Eh bien, il est seul pendant les fêtes et m'a demandé s'il pouvait venir les passer avec moi. Il me prend totalement au dépourvu et du coup, je suis indécise.

— En ce qui me concerne, cela ne me dérange aucunement d'ouvrir ma porte à un invité supplémentaire. Mais vous, en avez-vous envie ?

— Je n'en sais fichtrement rien et c'est bien ce qui m'embarrasse. Je n'arrive pas à définir ce que je ressens pour lui et j'ai l'impression d'être une vraie girouette. Un jour, je me dis qu'il est tendre, attentionné, généreux et que je pourrais l'aimer véritablement, et parfois j'éprouve une vague angoisse et bizarrement sa présence ou sa voix m'oppressent. Alban est apparu à un moment de ma vie où j'étais complètement désorientée parce que Romain me quittait pour une autre femme et que je me sentais perdue et abandonnée. Nous avons commencé à échanger et comme il venait de divorcer, j'ai eu l'impression qu'il me comprenait totalement. Et puis, je l'ai invité à passer un week-end chez moi et nous nous sommes trouvé beaucoup de points communs. Je garde un excellent souvenir de ces deux jours en sa compagnie. Il a de nombreuses qualités, mais je pense que nous n'en sommes pas au même stade. Je crois qu'il est amoureux et qu'il désire s'engager. Pour moi, les choses ne sont pas aussi nettes. Je ne souhaite pas être brusquée. J'ai besoin de faire le point et de réfléchir à ce que je veux faire de ma vie. Et puis, on ne peut pas rayer d'un trait tant d'années de mariage…

Florence éclata en sanglots et Lise la prit naturellement dans ses bras. Elle semblait si fragile à cet instant, si vulnérable que la comtesse en fut tout émue.

— Ne vous mettez pas une telle pression Florence. Vous n'avez rien promis à votre ami, et vous êtes libre. Ne l'oubliez jamais. Personne n'a le droit de vous dicter votre conduite ni de vous obliger à aimer. Vous avez tout quitté pour tenter de vous reconstruire, de vous reconnecter à vous-même et de vivre votre passion de la montagne. Il faut continuer dans cette voie. Et comme vous le dites vous-même, une belle histoire d'amour ne se substitue pas à une autre aussi aisément. Donnez-vous du temps pour guérir et ne laissez personne vous emprisonner dans une relation qui ne vous convient pas.

— Vous me faites un bien fou, Lise. J'avais la sensation d'être prise dans un étau. Mais vous avez raison. Je suis libre de mes actes et de mes sentiments ; je ne lui ai rien promis. Cependant, j'ai senti Alban désespéré et il me sera difficile de fêter Noël en le sachant seul à se morfondre dans son appartement. J'aurais l'impression d'être égoïste et sans cœur si je ne le conviais pas à nous rejoindre.

— Dans ce cas, invitez-le, mais rappelez-lui que cela ne vous engage en rien vis-à-vis de lui, et que vous auriez fait la même chose pour n'importe lequel de vos amis en détresse.

— Merci pour vos judicieux conseils. Je suis vraiment désolée de m'être laissée aller ainsi ; ce n'est pas mon habitude.

— Ne vous inquiétez pas. Pleurer fait du bien, et les amis doivent être présents dans les moments difficiles, non ?

Florence gratifia Lise d'un sourire éclatant et d'une bise sonore sur la joue, puis elle entreprit de dresser la table pour le dîner, comblée de ne pas s'être illusionnée sur les rapports qu'elle entretenait avec *sa comtesse*. Elle était véritablement devenue sa confidente, et elle se sentait prête à lui dévoiler les projets qui avaient germé dans son esprit.

Lorsqu'elle téléphona à Alban le lendemain matin, elle était sereine et décidée à mettre les choses au clair. Il répondit à la deuxième sonnerie.

— Bonjour, Florence, je suis si heureux d'entendre ta voix qui m'enchante et me fait vibrer.

— Bonjour, Alban. Je t'appelais pour t'informer que tu peux nous rejoindre pour le réveillon, car j'aurais tendu la main à n'importe lequel de mes amis. L'accueil fait partie de la tradition de Noël, et je n'y dérogerai pas.

Alban espérait une invitation plus chaleureuse, mais il ne montra pas sa déception.

— Dis-moi ce que je peux apporter. J'imagine que pour toi aussi, ce Noël sera délicat, et que tu auras peu de monde autour de toi. Pourras-tu voir ta fille au moins ?

— Tu as peut-être oublié que je vivais en colocation et que je ne suis absolument pas isolée, répondit Florence légèrement agacée. J'ai également une famille qui ne m'a pas reniée, malgré mon déménagement en Haute-Savoie. Anaïs sera présente ainsi que ma mère et mon beau-père. De son côté, Lise, ma propriétaire, invite un ami.

— Oh, mais je ne veux pas déranger si vous êtes aussi nombreux. J'imaginais qu'avec ton nouveau travail, tu ne pourrais peut-être pas rejoindre tes proches et que ma compagnie te ferait plaisir.

— Je ne saisis pas, Alban. Tu m'as bien dit que tu étais seul pour les fêtes ? Ou ai-je raté quelque chose ?

— Oui, bien sûr que je suis seul, reprit-il légèrement déstabilisé, sinon je ne me serais pas permis de te demander de m'accueillir, mais maintenant j'ai peur de troubler vos retrouvailles…

Florence perdait patience. Au bout de quelques secondes, elle répliqua :

— Écoute, si ça t'ennuie de côtoyer ma famille, n'en parlons plus. Je le faisais pour toi. Si tu veux réfléchir, renvoie-moi un SMS dans la journée. Je suis au travail et je n'ai pas beaucoup de temps.

— Non, c'est tout réfléchi, je viens. Cela me fait réellement plaisir.

— Par contre, je ne pourrai pas te loger. Mais je pense que tu pourras dénicher un hôtel dans les environs.

— Ne t'inquiète pas pour moi, je trouverai quelque chose. J'arriverai le vingt-quatre dans l'après-midi, ça te convient ?

— Ce sera parfait. À bientôt.

Florence raccrocha contrariée. Elle avait la sensation d'avoir été manipulée et elle se demanda, l'espace d'un instant, si son ami n'avait pas monté cette histoire de toute pièce pour venir la rejoindre durant les fêtes. Puis, elle s'en voulut d'avoir des pensées aussi négatives envers une personne attachante et fidèle en amitié. Sa discussion avec Lise lui avait fait beaucoup de bien. Elle ne devait rien à personne et n'avait fait aucune promesse. Elle saurait le rappeler à Alban si son attitude la mettait mal à l'aise. Elle reprit le travail et sourit aimablement à un Anglais qui cherchait un pantalon de ski alpin. Alors qu'elle attendait les résultats de l'essayage, sa collègue Lucie vint lui proposer de déjeuner avec elle et son ami guide de moyenne montagne. Elle acquiesça et oublia sa conversation téléphonique, heureuse de cette invitation.

Ils se retrouvèrent tous les trois dans un petit restaurant sans prétention où l'on servait de délicieux plats savoyards. Ils engagèrent la conversation, attablés autour d'une odorante tartiflette. Olivier, le compagnon de Lucie était un grand garçon de trente-cinq ans aux yeux rieurs. Natif de Châtel, il n'avait jamais quitté la vallée, et les hommes de sa famille étaient pratiquement tous guides ou moniteurs de ski depuis plusieurs générations. Il inspirait confiance et Florence pensa qu'il pourrait peut-être lui fournir des indications intéressantes sur les relations des Praz de la Semblière avec les villageois.

— Je suis tombée amoureuse du Val d'Abondance ! s'exclama Florence en se tournant vers Oliver. Et chaque jour qui passe me conforte dans mon idée de m'installer ici durablement.

— Ah, tu ne pouvais pas me faire plus plaisir, reprit-il en souriant. Cette vallée c'est toute ma vie. Je ne la quitterais pour rien au monde !

— Et les gens sont relativement accueillants, poursuivit Florence. Lorsque je suis arrivée ici, j'ai trouvé rapidement un logement et du travail.

— On dit pourtant que les Savoyards n'ouvrent pas leur porte facilement, mais les temps ont changé. Avec l'arrivée du tourisme à grande échelle, les mentalités ont évolué, et je trouve que c'est une bonne chose.

Lucie acquiesça, tout en soulignant qu'il avait fallu du temps pour que la famille d'Olivier l'accepte, parce qu'elle était originaire du centre de la France.

— Bon, c'est vrai. Mais maintenant mes parents t'adorent, renchérit-il. Ils ne voudraient pas d'autre belle-fille que toi !

— Mais au fait, continua Florence, as-tu connu Jean-Charles, le fils de Lise et Geoffrey du Praz de la Semblière ? Vous avez à peu près le même âge. Vous étiez à l'école ensemble ?

— À l'école primaire, oui, précisa Olivier. Ensuite nous n'avons pas été dans les mêmes classes. Il était un peu plus jeune que moi. Je l'aimais bien. C'était un bon gars. Je crois qu'il est parti faire des études à Genève, et il me semble qu'il a eu des soucis de santé. Je n'en sais pas plus.

— Et les Praz de la Semblière étaient-ils bien intégrés dans la région ?

— Oui, je pense. Geoffrey était très estimé parce que ses ancêtres avaient fait beaucoup pour la vallée. Mais en ce qui concerne sa femme, c'était plus mitigé. Elle était différente et marginale. Ma mère en parlait parfois. Elle la trouvait belle et très élégante, mais distante. Certaines personnes pensaient qu'elle les méprisait. Et puis, elle recevait des artistes un peu déjantés, et très vite certaines rumeurs ont circulé.

— Quelles rumeurs ? s'exclama Florence qui désirait en apprendre davantage.

— On a commencé à dire que la drogue circulait dans leurs soirées et qu'ils se réunissaient souvent pour faire du spiritisme. Et puis Geoffrey est mort dans un accident de voiture, et les mauvaises langues en ont profité pour calomnier la comtesse. Je me souviens que mes parents trouvaient ça honteux. Ils l'ont toujours soutenue. Après le décès de son mari et le départ de son fils, beaucoup étaient persuadés qu'elle partirait loin d'ici, mais ça ne s'est pas produit. Mon père a toujours pensé qu'il y avait des intérêts en jeu derrière tout ça et que des gens du coin auraient aimé acquérir le chalet et ses terres. Il soulignait aussi que la beauté de la comtesse avait fait tourner bien des têtes, et que les rumeurs colportées émanaient de conjointes en quête de vengeance. Mais tout ça, c'est du passé, n'est-ce pas ?

Florence ne répondit pas. Elle réfléchissait à ce qu'elle venait d'apprendre. Encore une fois, certains propos se recoupaient. Elle prenait conscience de l'effet qu'avait pu susciter Lise sur les habitants des villages environnants. Combien d'hommes avaient rêvé de l'embrasser ou de la posséder ? Combien de femmes avaient jalousé son charme et sa sensualité à fleur de peau, persuadées qu'elle prenait plaisir à exciter leurs maris ? Et que valait véritablement ce chalet que certains auraient aimé détenir à tout prix ? Peu à peu, Florence prenait conscience des braises qui couvaient sous la cendre dans ces paysages sublimes qui avaient conquis son cœur.

Chapitre 6

Le sapin brillait de mille feux, le poêle à bois dispensait une agréable chaleur et dehors le ciel était lourd de nuages menaçants, laissant présager de fortes chutes de neige avant la nuit. Comme Florence travaillait toute la journée, Lise s'était proposée pour accueillir sa famille qui devait arriver dans l'après-midi. Elle était ravie de faire leur connaissance et de passer ce Noël en leur compagnie. Cela faisait bien longtemps qu'elle ne recevait plus personne pour les fêtes de fin d'année. Jean-Charles l'appelait une fois par an pour lui signifier qu'il était encore en vie puis se murait à nouveau dans son silence. Cette blessure l'accompagnait chaque jour de son existence. C'était une douleur lancinante qu'elle supportait sans se plaindre, le prix à payer – pensait-elle – de ses erreurs.

Tout avait commencé à la fin de l'adolescence. Geoffrey voulait les meilleures écoles pour son fils et il avait choisi de l'inscrire en seconde dans un prestigieux établissement genevois, le coupant ainsi brutalement d'une partie de ses amis. Lise avait pris conscience de la détresse de son enfant, mais elle faisait confiance à son mari et avait fini par se persuader que cette expérience lui serait bénéfique. Pourtant, sans le savoir, ils l'envoyaient tous deux côtoyer l'enfer.

Très vite, Jean-Charles perdit pied et cessa d'étudier dans ce lycée d'un niveau scolaire beaucoup trop élevé pour lui. Interne, il se mit à fréquenter un groupe de garçons peu recommandables mais relativement fortunés. Il fut rapidement introduit dans des soirées où la drogue circulait abondamment. Il goûta à l'héroïne pour faire comme ses amis, puis plongea dans une terrible dépendance. Geoffrey et Lise s'en aperçurent trop tard, et malgré plusieurs cures de désintoxication, Jean-Charles ne réussit jamais à se sevrer véritablement. La drogue était devenue sa raison de vivre, et son seul but était de se procurer ses doses. Il commença par voler ses parents, jusqu'au jour où, complètement défoncé, il agressa violemment sa mère qui refusait de lui donner de l'argent. C'en était trop pour son père, qui le mit à la porte immédiatement, lui disant qu'il le reniait et qu'il n'était plus son fils. Peu après, il décédait sans l'avoir revu, et Jean-Charles n'assista pas à l'enterrement. Lise apprit quelques mois plus tard qu'il avait quitté la France pour la Guadeloupe. Elle perdait ainsi, coup sur coup, les deux hommes qu'elle aimait le plus au monde et qui avaient donné un sens à sa vie.

Depuis l'arrivée de Florence au chalet, elle se sentait plus apaisée. L'aider à surmonter sa séparation avait atténué sa peine et sa culpabilité. Lui offrir du temps pour l'écouter avec humanité réveillait son côté maternel qu'elle avait mis sous le boisseau depuis le départ de son fils. Peu à peu, elle s'était prise d'une affection sincère pour cette jeune femme loyale, pleine de vivacité et d'aménité. L'amitié était née au fil de leurs confidences partagées, et une véritable complicité les unissait à présent. Mais Lise n'avait encore jamais pu se livrer totalement et se décharger de ce poids qu'elle portait depuis tant d'années. Un jour, il faudrait qu'elle en parle…

Elle fut tirée de ses réflexions par le bruit de la sonnette de la porte d'entrée. Sur le seuil, elle reconnut Marc et Anaïs, et découvrit à leur côté un petit bout de femme dont la ressemblance avec Florence était frappante. Un peu plus enrobée que sa fille et très élégante dans sa doudoune écrue, Adeline posa sur Lise un regard vert scrutateur qui n'avait rien d'engageant. La comtesse les invita à entrer, tout en s'enquérant des conditions de leur voyage. Adeline précisa que les derniers kilomètres avaient été éprouvants, et qu'elle s'était demandé si elle n'arrivait pas au bout du monde. Marc tenta d'atténuer la verdeur de ses propos en soulignant que la vallée d'Abondance semblait un lieu enchanteur. Lorsqu'ils pénétrèrent dans la pièce principale, Anaïs complimenta Lise sur l'aménagement du petit salon et les décorations de Noël, et s'extasia sur l'imposant sapin qui habillait tout un pan du séjour. On la sentait heureuse d'être là, impatiente de retrouver sa mère et de passer les fêtes avec elle. Le couple observait les lieux discrètement et Lise perçut dans le regard d'Adeline un étonnement associé à de l'appréhension. En effet, malgré les ornements festifs, le chalet n'en restait pas moins en mauvais état, et cette dernière se demandait si elle avait eu raison de consentir à cette invitation. Marc quant à lui affichait une mine réjouie et espiègle. La comtesse offrit de servir une boisson chaude alors qu'Anaïs se proposait de monter ses affaires à l'étage. Malgré l'envie qui la taraudait de suivre sa petite-fille, Adeline accepta poliment une tasse de thé, tout en lorgnant l'escalier qu'Anaïs grimpait. Après avoir déposé sur un plateau la théière accompagnée de muffins, Lise lança la conversation sur Florence, en indiquant qu'elle s'était très vite adaptée à sa nouvelle vie et que cette colocation était une expérience très positive pour les trois femmes. Adeline ne put s'empêcher d'afficher une moue dubitative.

— Je ne comprendrai jamais ma fille, déclara-t-elle. Tout quitter, pratiquement du jour au lendemain, pour venir s'enterrer dans un trou pareil. Il faut avoir perdu la raison. Pour vous, ce n'est pas la même chose, vous êtes du coin. Mais Florence habitait une splendide villa, elle avait un métier passionnant et…

— Mamie, s'il te plaît, répliqua Anaïs du haut de l'escalier, tu ne vas pas recommencer avec cette histoire. Nous sommes tous réunis pour passer un beau week-end, et maman aime beaucoup sa nouvelle vie, je te l'ai déjà dit. Elle a l'air super heureuse ici et c'est tout ce qui compte. Et moi, je suis fière de ce qu'elle a osé faire. Quand j'en parle à mes amies, elles sont sidérées et trouvent génial que ma mère vive en colocation en pleine montagne. C'est fun, non ?

— Hum… C'est surtout totalement inconscient et dénué de bon sens.

Marc croisa le regard de Lise et sourit, un peu gêné.

— Ma femme est soucieuse, admit-il. Elle craint que Florence ne regrette son choix, mais comme je le lui rappelle très souvent, il n'y aura aucun problème si elle désire revenir sur Besançon et retrouver son poste d'enseignante.

Lise n'avait aucune envie d'envenimer les choses, malgré le peu de délicatesse d'Adeline à son égard. Elle se contenta d'ajouter :

— C'est tout à votre honneur, chère madame, de vous préoccuper du bien-être de votre fille, mais dès que vous aurez passé un moment en sa compagnie, vos inquiétudes se dissiperont.

Adeline jeta sur la comtesse un regard de marbre qui n'augurait rien de bon de leurs futurs rapports. Marc, pour détendre l'atmosphère, posa quelques questions sur la région et ses atouts touristiques. Au bout d'une heure, ils prirent congé pour se rendre à leur hôtel et se reposer un peu. Anaïs proposa de les accompagner, et ils repartirent tous les trois. Adeline s'enquit de l'heure de fermeture du magasin où travaillait Florence, et Marc suggéra qu'ils pouvaient aller à Châtel pour lui faire une surprise et la ramener au chalet. Lise souligna que c'était une excellente idée et qu'ils découvriraient ainsi les illuminations de Noël au cœur du village. Après leur départ, elle commença à préparer le repas et ne put s'empêcher de penser que si Florence ressemblait à sa mère physiquement, la comparaison s'arrêtait là et qu'elle n'avait visiblement pas hérité de son caractère, ce qui la réjouissait totalement.

Florence servait l'un des derniers touristes lorsqu'elle aperçut la chevelure blonde d'Anaïs dans la boutique. Son cœur se mit à bondir de joie, et elle se dirigea prestement vers elle. Elles s'embrassèrent avec émotion.

— Maman, je t'avais repérée, mais tu étais occupée avec un client, et je ne voulais surtout pas te déranger.

— Ma fille chérie, toujours aussi attentive aux autres. Tu es rayonnante, et j'ai l'impression que tu as encore changé. Tu deviens vraiment une magnifique jeune femme !

— Merci, ma petite maman. Tu sais que tu as une mine superbe également et je suis si heureuse de te voir et d'être avec toi pour les fêtes. C'est trop bien ! Ça va être un Noël merveilleux.

— Tu es venue avec Mamie et Marc, je suppose ? Où sont-ils ?

— Ils font encore un peu de shopping, mais moi, je ne tenais plus. Je voulais être auprès de toi, et je me suis dit que même si tu n'avais pas fini, je patienterais.

— Tu as eu raison. Je termine avec mon client, puis j'aurai la caisse à faire, mais tu pourras m'attendre là, ou bien je vous retrouverai dans un des bars de la station.

Alors que Florence s'apprêtait à retourner au travail, Maud s'approcha et lança :

— Il y a véritablement une ressemblance et je suis certaine, Florence que tu es la mère de cette ravissante jeune fille.

— Oui, en effet, voici Anaïs. Toute la famille est bien arrivée et ils sont en train de découvrir Châtel. Ce week-end me comble de joie. Je dois juste conclure ma vente et je reviens.

— Il est dix-neuf heures, Florence, reprit Maud. Finis avec ton client et je m'occuperai de la caisse. Rentre chez toi et profite de tes proches. Tu l'as bien mérité.

— Merci beaucoup, Maud, c'est vraiment très gentil.

Au moment où Florence retournait travailler, Adeline et Marc poussèrent la porte du magasin. Anaïs leur expliqua la situation, et ils patientèrent en flânant au milieu des vêtements et du matériel de ski. Quand elle eut terminé, Florence se hâta d'embrasser sa mère et Marc, puis elle fit le tour de ses collègues pour leur souhaiter de très belles fêtes. L'ambiance était chaleureuse ; alors que les derniers clients achevaient leurs achats, Maud reparut coiffée d'un bonnet de père Noël, un panier à la main rempli de papillotes qu'elle distribua à l'ensemble des personnes présentes. Chacun riait et s'apostrophait. Adeline ne put que constater l'air enjoué de sa fille ; elle semblait chez elle, à l'aise dans cette boutique de sports, où tout le monde paraissait l'apprécier. Un court instant, elle ressentit de la jalousie. Elle se remémora son propre divorce et la dépression qui avait suivi, ainsi que la rancœur dont elle n'avait jamais pu se défaire. Même aujourd'hui, alors qu'elle était mariée depuis de nombreuses années à un homme charmant, elle passait son temps à se plaindre et ne profitait jamais de rien. Elle ne cessait de ressasser les moments difficiles de son existence, rappelant à qui voulait l'entendre que la vie ne l'avait pas gâtée. Quand elle recevait des amis, elle enviait toujours leur dernier voyage ou leur nouvelle voiture, alors que Marc la couvrait de cadeaux. Décidément, Florence ne lui ressemblait pas. Au lieu d'en vouloir au monde entier parce qu'elle avait été trompée et avait dû abandonner sa villa, elle avait choisi de se battre et d'oser l'aventure loin de son port d'attache. Ce soir, elle la jalousait terriblement. Elle la regardait évoluer dans ce magasin avec son air juvénile, sa silhouette de rêve et ce pétillement de joie dans ses yeux émeraude. Elle semblait heureuse, alors même qu'elle n'avait plus de compagnon, habitait avec deux femmes dans un chalet en piteux état et avait perdu un train de vie que beaucoup lui auraient envié. Et puis, elle en était certaine, elle avait déjà conquis le cœur de cette comtesse qui parlait d'elle comme si c'était sa propre fille. Vraiment, son rejeton l'exaspérait ! Culpabilisant d'avoir de telles pensées la veille de Noël, elle décida de lui offrir un superbe pull avant la fermeture du magasin. C'était sa façon à elle de se donner bonne conscience et d'éviter une remise en question. Lorsqu'ils rejoignirent la voiture, la neige tombait à gros flocons, emmitouflant Châtel d'un manteau blanc que les illuminations agrémentaient d'une constellation de taches colorées.

— C'est trop beau, Maman ! J'adore cette ambiance de fête. Châtel est un village craquant.

— Oui, c'est sublime et je suis si heureuse que vous soyez tous là. Nous allons vivre un magnifique Noël.

— J'espère simplement que je pourrai monter jusqu'au chalet sans anicroche, reprit Marc en souriant.

— Avec ton 4x4, ça devrait aller. Tu as des chaînes ?

— Elles sont dans le coffre.

— Pas de problème alors. Tu passeras partout.

— Pourvu que nous ne soyons pas obligés d'en arriver là ! remarqua Adeline. Je ne me vois pas attendre sur le bord de la route dans le froid. Il ne manquerait plus que ça !

— Allez, Mamie, ne fais pas ta mauvaise tête. Regarde comme c'est beau. Tu n'aurais jamais eu l'idée de venir passer Noël à la montagne si Maman n'avait pas emménagé ici. Grâce à elle, nous vivons quelque chose d'exceptionnel.

Le 4x4 loué pour l'occasion tint ses promesses, et la montée jusqu'au Léchat se déroula sans anicroche. Adeline réussit à contenir sa peur et à ne pas se montrer désagréable, et Anaïs conversa avec sa mère pendant tout le trajet. Lorsqu'ils arrivèrent au chalet, Lise avait préparé une fondue savoyarde aux deux fromages qui embaumait l'intérieur, accompagnée d'une salade composée. Marc, en bon bourguignon et fin connaisseur, avait mis un point d'honneur à s'occuper du vin durant le week-end. Il ouvrit une bouteille de côtes-du-Jura blanc pour valoriser le plat principal et souligna qu'il avait apporté quelques surprises pour les agapes de Noël.

La soirée se déroula dans une ambiance amicale et détendue. Anaïs raconta avec plaisir ses anecdotes d'étudiante, et Florence répondit avec beaucoup de patience aux nombreuses questions de sa mère, qui réussit à se dérider un peu et à se laisser porter par l'humeur enjouée des convives. Lise très attentive au bien-être de ses hôtes s'occupait de l'intendance pour permettre à Florence de savourer au maximum ces instants de complicité avec les membres de sa famille. Elle la sentait tout à la fois d'une grande gaieté et profondément émue par la présence des siens. Marc quant à lui, profitait pleinement de cette soirée, heureux de retrouver sa belle-fille qu'il adorait. Il s'était aperçu dès sa première visite au chalet que cette demeure possédait une âme. Il avait été sensible à la beauté de certains meubles, et l'immense cheminée surmontée d'un blason avait piqué sa curiosité. Intéressé par l'Histoire, il s'était promis lors d'un prochain séjour de questionner Lise pour en savoir plus sur la descendance de son conjoint, et lui demander si elle avait un lien avec les ducs de Savoie. Alors que chacun dégustait avec plaisir le gâteau de Savoie servi avec une mousse au chocolat, il se décida à engager la conversation sur ce sujet qui lui tenait à cœur. S'approchant de la cheminée, il interrogea Lise un sourire aux lèvres :

— Je suppose que ce blason appartient à la famille de votre défunt mari ? Il est remarquable avec ses trois têtes de sanglier d'un côté, et ses rayures jaunes et rouges de l'autre.

— Vos déductions sont excellentes ! Geoffrey était très fier de son ascendance et il aimait conter l'histoire de ses aïeux en admirant leurs armoiries. Voici d'ailleurs comment il désignait le blason familial : *parti de gueules à trois fasces d'or et d'argent à trois hures de sanglier de sable mises en pal.*

— Faisait-il partie de la lignée des ducs de Savoie ? Pouvez-vous nous en parler ?

Le visage de la comtesse s'illumina d'une joie presque puérile. Durant toute la soirée, elle s'était effacée pour que

Florence se sente parfaitement maîtresse de maison devant ses proches et qu'elle puisse les recevoir sans arrière-pensées. L'intérêt de Marc pour son mari la touchait plus qu'elle n'osait se l'avouer.

— Mon conjoint descendait d'un cadet de la famille d'Allinges, reprit-elle, dont le titre de comte avait été accordé à son aïeul, Amédée du Praz de la Semblière par le duc de Savoie pour service rendu à la cour à la fin du dix-septième siècle. Protégés par la famille princière, les Praz de la Semblière s'étaient enrichis en annexant un château puis en faisant construire plusieurs villas sur les bords du Léman. Sous la Révolution, la famille de Geoffrey avait continué son expansion en faisant l'acquisition d'une partie des terres de l'Abbaye d'Abondance vendues comme biens nationaux par la Convention. Elle était alors devenue l'un des principaux propriétaires de la Haute Vallée d'Abondance et avait fait bâtir un vaste chalet et des dépendances pour y installer leur intendant, qui gérait la globalité des richesses.

— La demeure où nous nous trouvons en ce moment ? questionna Marc.

— C'est exact. Ce fut l'âge d'or des Praz de la Semblière, répliqua Lise. Les choses se gâtèrent au début du vingtième siècle. Le grand-père de Geoffrey, Guillaume-Marie, aimait les plaisirs mondains. Entourés d'intellectuels et d'artistes, il mena grande vie à Evian, dilapida sa fortune au jeu et dut vendre l'ensemble de ses biens. Déchu et totalement appauvri, il se retira sur ses terres du Léchat. Dans les années cinquante, les prémices du tourisme hivernal apparurent, et un premier téléski se construisit à Vonnes en 1947. Norbert, le père de mon mari, comprit rapidement qu'il pouvait tirer un bénéfice substantiel des derniers terrains qu'il possédait dans la vallée. Il les vendit malheureusement à un promoteur véreux qui engloutit l'ensemble des fonds, ruinant ainsi la famille. Geoffrey n'eut pour tout héritage que cette bâtisse et quelques hectares de forêts inexploitables à cause des sols extrêmement rocailleux.

Florence avait écouté avec attention la saga de cette famille aristocratique qui, après avoir connu la gloire et l'argent, s'était retrouvée sans le sou. Elle admirait *sa comtesse* qui avait fait le choix de garder ce chalet alors même qu'il se détériorait et que son mari avait disparu. Lise, avec son élégance et ses manières surannées, continuait de perpétrer l'histoire de cette noblesse de province. Elle avait décidé de se battre pour conserver cette bâtisse et sa forêt, dernier vestige d'un temps et d'une prospérité révolus. Ce récit avait enthousiasmé Florence et l'avait confortée dans l'idée que le projet qui mûrissait dans sa tête depuis quelques semaines n'était pas dénué de bon sens. Ce chalet avait une âme et il fallait absolument lui redonner son faste d'antan, mais de manière plus contemporaine. Ce serait une manière de faire taire toutes les mauvaises langues et de prouver que Lise avait eu raison de rester dans la vallée. Elle se promit de lui parler après les fêtes.

Adeline, quant à elle, avait été impressionnée par cet exposé. Tout à coup, cette habitation prenait une autre dimension à ses yeux. Les Praz de la Semblière avaient été protégés par un prince. Elle s'imaginait déjà conter à ses amis son Noël à la montagne chez une aristocrate descendant d'une grande famille dont les aïeux avaient construit de merveilleuses demeures au bord du lac Léman. Elle en oubliait les murs décrépis, les volets à la peinture écaillée et les poutres poussiéreuses pour se délecter de cet âge d'or qui, pensait-elle, l'ennoblissait également.

C'est alors que Margaux fit son apparition dans le séjour. Le visage rougit par le froid et les cheveux écarlates dépassant d'un bonnet péruvien, elle s'arrêta net devant la tablée réunie, éclairée seulement par la lumière diffuse des bougies et les guirlandes électriques du sapin. Elle portait encore son énorme doudoune et son jean moulant était trempé par la neige. Lise et Florence la saluèrent immédiatement puis la présentèrent à la famille.

— Voici Mag, la deuxième locataire, qui est arrivée pour l'ouverture de la station, prononça Lise.

— Et voici ma fille, Anaïs, poursuivit Florence, ma mère, Adeline et mon beau-père, Marc.

— Salut, répliqua Mag.

— Désirez-vous vous joindre à nous et grignoter quelque chose, Mag ? reprit Lise. Il reste de la salade composée, et j'ai de la terrine ainsi que du dessert.

— C'est sympa de votre part, mais je me lève tôt demain et je vais aller me pieuter si ça vous dérange pas. En plus, je suis crevée. La journée a été plutôt galère. Vous avez de la chance, il ne neige plus, et ça gèle pas. Vous pourrez redescendre ce soir sans finir dans le ravin.

Margaux grimpa l'escalier et claqua la porte de sa chambre comme à son habitude.

Adeline n'avait pas prononcé un mot. Elle tentait de rassembler ses idées comme si son cerveau n'arrivait pas à analyser ce que ses yeux avaient capté. Qui était cette énergumène sans aucune tenue qui avait déboulé avec son anneau dans le nez, son français approximatif et son manque de courtoisie ? Alors qu'elle commençait à apprécier ce lieu et cette soirée, il avait fallu que cette personne bizarre apparaisse et gâche tout. C'en était trop pour elle. Comment sa fille pouvait-elle supporter de vivre avec ce genre de drôlesse ? Et cette soi-disant comtesse, comment acceptait-elle ce type de femme sous son toit ? Excédée, elle se leva brutalement, signifiant à tout le monde que la fête était terminée. Florence échangea un regard de connivence avec Marc, ce qui n'échappa pas à Lise. Anaïs, quant à elle, avait commencé à débarrasser la table, inquiète que sa grand-mère puisse faire un esclandre avant de s'en aller.

Lise la première rompit le silence.

— C'est une très bonne chose que la neige ait cessé de tomber, souligna-t-elle. Votre trajet n'en sera que plus aisé.

— Heureusement, car je me demande où nous aurions dormi ! répondit agressivement Adeline.

— Nous vous aurions accueilli avec une grande joie, répliqua Lise. Nous pouvions facilement coucher deux personnes supplémentaires. D'ailleurs, n'hésitez pas à prendre quelques affaires de rechange demain, car nous ne savons jamais ce que nous réserve le temps à la montagne. Une tempête peut rendre les routes impraticables en un temps record.

— J'espère qu'il n'y aura pas de problème de cet ordre, continua Adeline. Il ne manquerait plus que nous soyons bloqués ici alors que nous avons une chambre dans un hôtel quatre étoiles. Et puisque nous parlons de demain, votre seconde locataire fera-t-elle partie des invités pour le réveillon ?

Florence ne laissa pas la comtesse répondre et répliqua vertement :

— Malheureusement, non. Margaux est employée aux remontées mécaniques et elle travaillera tout le week-end.

Es-tu rassurée ? Il y aura Antoine, un ami de Lise, et Alban, un copain à moi.

— Un copain à toi, reprit Adeline, dont la curiosité était tout à coup aiguisée. Je l'ai déjà vu ?

— Non. Tu ne le connais pas. Mais il se fait tard, et je crois que tout le monde est fatigué. Soyez prudents sur la route, et à demain. Si vous désirez flâner à la Chapelle d'Abondance ou à Châtel dans la matinée, n'hésitez pas. Je suis en congé et j'aiderai Lise à préparer le repas. Bon retour.

Chacun se salua et lorsque la porte fut refermée, Anaïs s'adressa à sa mère.

— As-tu vu la tête de Mamie lorsque Mag est entrée ? J'ai cru qu'elle allait se trouver mal.

— Je l'ai bien remarqué, confia Florence, et j'ai surtout craint qu'elle fasse un scandale et décline l'invitation de demain.

— Croyez-vous réellement qu'Adeline puisse se comporter de la sorte ? intervint Lise.

— Malheureusement, oui. Ma mère est très rigide dans ses conceptions de la vie. Pour elle, la colocation est déjà inenvisageable. Si on ajoute à cela une cohabitation avec des personnes marginales, ça ne rentre plus dans son logiciel de pensée et là, elle bugge carrément.

Après avoir débarrassé la table, les trois femmes montèrent dans leur chambre. Florence avait modifié l'agencement de son bureau afin qu'Anaïs possède un lieu agréable pour passer la nuit. Elle avait installé un lit d'appoint confortable et avait acheté une ravissante lampe de chevet qu'elle avait disposée sur un petit cube de bois déniché dans une boutique de Châtel. Une jolie guirlande colorée réchauffait la pièce grâce à sa lumière tamisée.

Elles chuchotèrent encore quelques instants, blotties l'une contre l'autre, heureuses de ce moment tendre et complice où elles pouvaient se confier et papoter en toute liberté, puis elles décidèrent de dormir sachant que le week-end serait dense en émotions multiples.

Chapitre 7

Le lendemain, Florence entendit Mag se lever pour partir travailler. Elle enfila une veste chaude et descendit dans la cuisine où elle était persuadée de trouver Lise, toujours très matinale, en train de préparer le petit déjeuner. Elle désirait échanger sur l'organisation du repas de réveillon, même si les deux femmes avaient déjà confectionné nombre de petites gâteries pour cette traditionnelle fête de Noël. Elle voulait également souhaiter bonne chance à Margaux pour sa journée de travail, et lui rappeler qu'elle serait la bienvenue ce soir si elle était seule. Elle fut accueillie par une délicieuse odeur de pain grillé. Mag, installée à califourchon sur le banc, dévorait des tartines et du fromage sans se soucier de son entourage. Elle répondit la bouche pleine au salut de Florence et continua son repas. Flo se servit une tasse de café accompagnée de lait chaud et vint s'asseoir près d'elle.

— Quelles sont les prévisions météo pour aujourd'hui ? demanda-t-elle en se coupant une tranche de pain.

— Beaucoup de neige, répondit Mag. Surtout en fin d'après-midi. C'est super pour la station, mais à mon avis, on aura des accidents à la pelle. Les pisteurs vont avoir du boulot. Et y aura tous ceux qui vont partir faire du ski de rando, alors que le risque d'avalanche est super élevé. On a beau leur expliquer que c'est dangereux, ils n'écoutent personne, car ils sont en vacances et veulent profiter un maximum, même si c'est fortement casse-gueule.

— Effectivement, c'est un problème récurrent depuis plusieurs années, souligna Lise, qui venait d'arriver. Les gens ont un rapport consumériste à la montagne. Du coup, il n'y a plus ce respect pour la nature et son côté sauvage, impétueux et imprévisible… Renoncer à une activité parce que les conditions météorologiques sont mauvaises devient inenvisageable pour certains.

— Ouais, je suis d'accord avec vous, comtesse. Et vous dites les choses mieux que moi, comme d'hab !

Alors que chacune réfléchissait aux propos échangés, elles virent Anaïs entrer dans la cuisine, les cheveux en bataille et le regard encore tout ensommeillé.

— Déjà debout, ma puce ! s'exclama Flo. Je pensais que tu dormirais plus longtemps.

— Je vous ai entendues, et j'avais envie de vous rejoindre.

— Alors voilà ta fille, Flo. Je trouve qu'elle te ressemble pas trop. Mais il y a quand même un air de famille, rassure-toi !

— Elle est effectivement plutôt du côté de son père, souligna Florence.

— Contente d'être là, la miss ? lança Mag.

— Oh oui, je suis super heureuse d'être ici pour les fêtes. Je n'aurais manqué ça pour rien au monde.

— Et t'aimes le ski ?

— Moins que ma mère, mais ça ne me déplaît pas.

— Vous avez prévu d'en faire ce week-end ? interrogea Mag.

— J'ai amené mon matériel, mais je ne sais pas si on aura le temps, répliqua Anaïs.

— En tout cas, la poudreuse est bonne. Ratez pas l'occas', les filles. Quand on est à la montagne, c'est pour bouffer de la neige, non ?

Anaïs se mit à rire. Le courant passait avec Margaux. Elle la trouvait nature et relativement chouette sous ses airs bourrus.

— Le même rire que ta mère, reprit Mag. Chaque fois que j'l'ouvre, elle rigole. Je m'y suis fait. Les filles, c'est pas que j'm'ennuie avec vous, mais faut que j'aille bosser. Si jamais vous allez skier sur Châtel, on se croisera peut-être. En ce moment, je suis au télésiège de la Conche.

— OK, dit Florence, c'est noté. Et si jamais tu es désœuvrée ce soir, n'oublie pas que tu es la bienvenue pour le réveillon.

— C'est sympa, mais vu la tête de ta mère hier quand j'ai débarqué au chalet, j'crois pas que ce soit une bonne idée. Elle risquerait d'avaler de travers si je participe à votre petite fête.

Anaïs pouffa encore de rire en imaginant la scène alors que Flo ne savait que répondre. Margaux avait totalement raison, et pourtant, Florence aurait donné n'importe quoi pour qu'elle accepte cette invitation. Partager ce Noël avec elle lui semblait une évidence parce qu'elle faisait maintenant partie de sa vie, et que malgré ses comportements parfois inexplicables, elle l'aimait bien.

Mag, tout en s'habillant, lança à la cantonade :

— Je n'ai pas fait beaucoup le ménage cette semaine, les filles, mais j'ai réparé le robinet de la salle de bains qui fuyait. À plus, les nanas.

— Au revoir, Mag, et bon courage, reprit Lise en se servant une tasse de café. Je crois que vous lui avez tapé dans l'œil, Anaïs. Elle semble vous avoir adoptée, et plaire à Mag est en soi un véritable exploit. N'est-ce pas, Florence ?

— Oh oui…

Elles se sourirent, complices.

— Moi, je la trouve super originale, et elle est cool ! s'exclama Anaïs. J'adore son look complètement farfelu. Vous formez un trio de choc ; vous êtes tellement différentes. Et pourtant, vous avez l'air de vous apprécier. Ça me dirait bien de rester avec vous. Ça doit être génial comme existence.

— N'idéalise pas trop les choses, Anaïs, reprit Florence, mais c'est certain que vivre ici a de très bons côtés. Nous nous entendons relativement bien toutes les trois, et le lieu est extraordinaire pour qui est passionné de montagne. En tout cas, je ne regrette pas mon choix. Je suis tombée sous le charme de ce chalet, et je ne m'imagine plus le quitter un jour…

— Vraiment ? s'écria Lise. Vous aimeriez vous installer ici pour de bon ?

— Oh, mes propos vous choquent peut-être… Je suppose que cette situation n'est que provisoire pour vous. C'est tout à fait compréhensible… Je…

— Mais pas du tout ! Je suis extrêmement touchée que vous vous plaisiez ici et que vous vous projetiez à long terme. Pour moi aussi, cette colocation est une chance, et pas uniquement financièrement. Je vous l'ai déjà dit, Florence, j'ai l'impression de retrouver goût à la vie depuis que vous logez sous mon toit. Et j'apprécie également beaucoup Margaux, même si son abord est plus revêche. Vos présences respectives m'ont redonné du tonus et de la joie. Je ressens un nouvel élan à vos côtés et j'aurais presque envie de refaire des projets.

— Puisque vous parlez de projets, Lise, j'aimerais vous partager les miens qui vous concernent directement.

— Vous attisez ma curiosité…

— Je voulais attendre le début d'année, parce que je pensais ne pas être légitime pour vous proposer cela, mais notre discussion de ce matin m'enlève une partie de mes doutes et je suis heureuse qu'Anaïs puisse entendre ce que j'ai à dire. Voilà, votre chalet est immense, situé dans une région absolument splendide et très touristique, mais depuis plusieurs années, son entretien vous pose de gros soucis financiers, n'est-ce pas ?

— Oui, tout à fait. Mon mari avait tenté des investissements en bourse, mais la dernière crise nous a été fatale, et j'ai même dû vendre la boutique d'antiquités pour payer mes dettes. On peut dire qu'aujourd'hui, je suis une aristocrate totalement ruinée !

— Eh bien ! J'ai une idée pour que ce chalet vous permette de vivre décemment. Nous pourrions en transformer une partie en chambres d'hôtes.

— En chambres d'hôtes ?

Lise, interloquée, cessa de desservir et se figea.

— Oui. Le concept est devenu très à la mode depuis une vingtaine d'années, souligna Florence. Certaines personnes préfèrent ce type d'hébergement à l'hôtel plus anonyme. La chambre d'hôte a un côté très nature, convivial et original. C'est un mixte entre le confort de l'hôtel et l'accueil que l'on aurait chez des amis. On partage des instants de vie avec le propriétaire qui nous reçoit. Celui-ci peut donner des bons plans pour les visites de la région, la gastronomie… Et votre chalet possède les qualités requises pour ce type d'activité.

Lise se taisait et semblait digérer les propos de Florence. Accueillir des touristes chez elle pour gagner sa vie. Se lever le matin en face de quelqu'un de totalement inconnu. Non, ce ne serait pas possible. Jamais elle ne mettrait une croix sur sa tranquillité, elle qui adorait la solitude de son atelier pour créer et penser.

— J'imagine, Florence, que vous avez oublié mon tempérament lorsque cette idée a germé dans votre esprit. Vous me connaissez, pourtant. Je suis un vieux loup solitaire, et jamais je ne pourrais transformer mon chalet en hôtel et voir défiler une multitude de touristes sous mon toit ! C'est absolument inenvisageable.

— Il n'y aurait pas une foule de touristes, répliqua Florence. C'est d'ailleurs le concept de la maison d'hôtes : offrir aux personnes un endroit où elles se sentent presque seules au monde. Et il ne serait pas question de les installer dans votre lieu de vie. Vos combles sont immenses et pourraient facilement accueillir trois chambres et un espace détente. Un escalier extérieur permettrait aux clients d'avoir une certaine liberté et garantirait votre tranquillité. Vous possédez également, à côté du chalet, deux petites annexes qui pourraient, elles aussi, être restaurées. De toute façon, c'est un projet important qui demande réflexion. Mais ne vous braquez pas, Lise, je vous en supplie. Étudiez calmement ma proposition.

— Effectivement, je vais prendre le temps de songer à tout cela. Mais pour le moment, j'avoue que ce projet me paraît totalement extravagant, et qu'il ne me correspond absolument pas. Sans compter qu'il nous faudrait des moyens financiers énormes pour réaliser les travaux dont vous parlez, et que je suis sans le sou.

Tout en comprenant ses réticences, Florence était un peu déçue par la réaction de *sa comtesse*. Elle l'avait imaginée plus aventureuse, et pensait naïvement qu'elle aurait été séduite immédiatement. Elle savait également que le manque d'argent était un véritable problème, mais il n'était pas insurmontable. Elle décida de changer de sujet et de s'intéresser au déroulement de la journée.

Anaïs ne s'était pas immiscée dans la conversation, mais elle approuvait l'idée de sa mère à cent pour cent. Les chambres d'hôtes étaient à la mode, et très souvent, ses amis lui racontaient leurs périples avec leurs parents dans ce genre d'endroit. Le projet était colossal, mais, s'il aboutissait, il serait voué au succès, elle n'en doutait pas. De plus, Lise serait une parfaite maîtresse de maison avec sa classe naturelle, sa culture et son savoir-vivre. Encore une fois, elle était en admiration devant la créativité de sa mère et son audace. En tout cas, elle s'imaginait tout à fait venir donner un coup de main durant les vacances scolaires, et profiter de ce lieu qui l'attirait irrésistiblement.

Elles se mirent au travail toutes les trois pour préparer le repas de midi et commencer les toasts pour le dîner. Lorsqu'Adeline et Marc se présentèrent au chalet, aucune ne s'était ennuyée et n'avait vu le temps passer. La bonne humeur régnait et Adeline s'aperçut tout de suite que sa petite fille avait naturellement trouvé sa place dans la nouvelle habitation de sa mère. Les rires fusaient et une délicieuse odeur s'échappait de la cuisine. Marc s'y rendit directement pour décharger son sac de victuailles. En effet, le couple n'était pas arrivé les mains vides, et d'excellentes bouteilles de vin voisinaient avec du foie gras et des terrines maison. Adeline, d'origine alsacienne, avait confectionné les traditionnels *Bredele* dont tout le monde raffolait. Ces biscuits aux amandes, noisettes et confiture, de formes diverses, devenus incontournables pour la fête de Noël, ravissaient petits et grands. Florence, comblée de découvrir les nombreuses attentions de sa mère et de son beau-père, ne cessait de les remercier, heureuse de les avoir auprès d'elle durant cette fête qui comptait tant pour elle. Quand ils s'installèrent autour de la table pour déjeuner, Adeline semblait de meilleure humeur et prenait plaisir à participer aux discussions. Florence s'épanouissait au milieu des siens, savourant chaque instant de ce bonheur familial retrouvé. Elle venait d'apporter les mousses à l'orange et aux spéculoos lorsque la sonnette de la porte d'entrée retentit. Lise se leva et revint au bout de quelques minutes avec Alban sur ses talons. Il portait un pull à col roulé noir sur un jean de la même couleur, ce qui mettait en valeur le bleu de ses yeux.

— J'arrive au mauvais moment, dit-il gêné en découvrant la tablée. Je suis vraiment désolé de vous déranger alors que votre repas n'est pas terminé.

Florence s'approcha de lui et lui sourit gentiment puis l'embrassa sur la joue, en précisant :

— Ne te fais pas de souci, Alban. C'est nous qui avons pris un peu de retard. Nous sommes en famille, et nous profitons sans compter de ces moments chaleureux.

Puis se tournant vers l'assemblée, elle continua :

— Je vous présente Alban, l'ami dont je vous ai parlé, et qui passera Noël avec nous. As-tu mangé sur la route ou veux-tu que nous te préparions quelque chose ? De notre côté, nous allions prendre le dessert.

— J'ai avalé rapidement un sandwich ; un dessert m'ira très bien.

Adeline ne perdait pas une miette de leurs échanges et dévisageait le nouveau venu d'une façon prononcée. Elle le trouvait relativement séduisant avec son regard saphir et son agréable voix de basse. Elle espérait pouvoir l'interroger au cours du week-end pour mieux le connaître et surtout savoir s'il avait une relation intime avec sa fille. Elle décida donc de paraître sous son meilleur jour pour amadouer ce quadra à l'allure sympathique et posa quelques questions anodines afin de le mettre à l'aise. Florence, de son côté, faisait tout son possible pour que son ami se sente bien accueilli. Elle l'avait fait asseoir à côté d'elle et ressentait un certain plaisir à être près de lui. Elle était heureuse de le revoir et devinait à la façon dont il la regardait qu'elle lui plaisait toujours autant.

L'après-midi fut consacré à la préparation du repas de réveillon. Alban était allé déposer sa valise à l'hôtel, mais Lise lui avait conseillé de conserver quelques affaires pour dormir au chalet si jamais le temps se gâtait. Adeline avait proposé de s'occuper de la décoration de la table avec sa petite-fille, pendant que Florence et Lise s'affairaient aux fourneaux. Quand Alban reparut vers dix-huit heures, alors qu'une tempête de neige s'abattait sur la vallée d'Abondance, il n'était pas seul. Antoine le suivait et paraissait mal à l'aise. Anaïs, vêtue d'une longue jupe fluide colorée et d'un top en dentelle noire, disposait à côté de chaque assiette un sachet de *Bredele* ainsi qu'un petit paquet cadeau. Une somptueuse nappe blanche brodée, sur laquelle trônait une jolie guirlande faite de houx, de branches de sapin et de nœuds de satin, mettait en valeur le service en porcelaine. De beaux bougeoirs accueillaient des chandelles aux tons dorés qui diffuseraient une agréable lumière durant la soirée. De délicieuses fragrances s'échappaient de la cuisine et le rire cristallin de Florence résonnait dans tout le chalet comme un appel au bonheur. Anaïs les salua gracieusement et quitta le séjour pour prévenir Lise de la présence des invités. Cette dernière apparut et embrassa Antoine chaleureusement.

— Je suis désolé d'arriver si tôt, Lise, balbutia-t-il embarrassé. Mais lorsque j'ai compris qu'une tempête de neige s'annonçait, je me suis dit que si je ne partais pas immédiatement, je ne pourrais plus venir réveillonner avec vous.

— Mais enfin, Antoine, ne vous excusez pas, reprit Lise. Vous avez bien fait ! J'aurais été extrêmement peinée de ne pas vous compter parmi nous ce soir.

— Pour ma part, répliqua Alban, j'étais soulagé quand je me suis aperçu qu'une voiture me suivait. J'ai pensé que si je n'arrivais plus à grimper, quelqu'un pourrait m'aider.

— Si j'ai pu vous rassurer, j'en suis heureux. Les tempêtes de neige peuvent parfois être dangereuses. On peut être coupé de tout en un rien de temps. Ce sont les joies de notre région. D'où venez-vous ?

— J'habite Lyon, mais j'adore la montagne. Et je rêverais d'un petit chalet comme maison secondaire !

Antoine avait tenu à s'occuper du plateau de fromages, et après avoir déposé un sac bien garni dans la cuisine, il retourna discuter avec Alban, puisque personne n'avait besoin de ses services. Les deux hommes, curieux de nature, eurent tôt fait de trouver des sujets passionnants, dont celui des nouvelles technologies. En effet, Antoine cherchait à promouvoir ses produits par ce biais, sans avoir pris le temps de s'y pencher vraiment. Alban, tout en lui répondant avec gentillesse, avait le sentiment que tous ses sens étaient en alerte, et qu'il percevait chaque minute de cet instant de sa vie avec une acuité décuplée. Il allait vivre deux jours avec la femme dont il avait toujours rêvé et qu'il n'avait jamais pu oublier tout à fait. Ce soir, elle l'accueillait dans son espace intime, en l'invitant à partager son bonheur familial, et il était fou de joie.

Au bout d'un moment, il rejoignit Florence pour lui proposer son aide. Elle préparait une fondue de poireaux pour accompagner des noix de Saint-Jacques.

— Tu n'as besoin de rien ? le questionna-t-elle en souriant. Je te délaisse un peu, mais j'ai encore quelques petites choses à réaliser en cuisine et après il faudra que je change de toilette, car je ne vais pas passer la soirée en jean et pull irlandais !

— Quel que soit le vêtement que tu portes, tu es toujours ravissante, Florence, lui susurra Alban. Et pour répondre à ta question, oui, je me sens vraiment bien ici. Tout le monde est charmant, et je crois que je m'apprête à passer le plus beau réveillon de Noël de toute ma vie.

— Tant mieux ! Je n'aurais pas pu t'imaginer seul dans ton appartement alors que nous étions tous réunis au chalet. Au fait, quel temps fait-il ? La dernière fois que j'ai regardé par la fenêtre, on ne voyait plus les montagnes et la neige commençait à tomber.

— Elle n'a pas cessé depuis, et j'ai bien fait de ne pas tarder, sinon je serais resté coincé en chemin. Les routes deviennent impraticables. Mais la bonne nouvelle, c'est que tous les invités sont là. Antoine me suivait et nous sommes arrivés ensemble.

— Je l'ai salué tout à l'heure. Je crois bien que tout le monde va dormir au chalet, reprit-elle. Ça va faire colonie de vacances. Tu as amené quelques affaires ?

— Oui, Lise me l'avait conseillé et quand j'ai vu le temps, je me suis douté qu'il serait périlleux de rentrer ce soir à l'hôtel. J'espère que cela ne t'ennuie pas.

— Non, pas du tout, nous avions prévu cette éventualité et nous sommes ravies de pouvoir héberger nos amis pour la nuit.

— As-tu mis le champagne que je vous ai apporté au frais ? Les macarons et les chocolats te conviennent-ils ?

— Tout est parfait, Alban. Je te remercie.

Des bruits de voix se firent entendre dans l'escalier et Florence invita Alban à retourner dans le séjour. Adeline et Marc étaient allés se préparer pour la soirée ; ils formaient un superbe couple, lui dans un complet bleu marine parfaitement coupé, elle dans une jupe plissée noire à l'aspect légèrement satiné, associée à une blouse en soie à imprimé floral. Dès qu'elle vit Alban, le visage d'Adeline s'éclaira. Elle le trouvait très chic dans son pantalon de flanelle gris et sa chemise blanche finement rayée. Florence présenta Antoine à sa mère et son beau-père, car la comtesse était partie se changer. Alban complimenta Adeline sur sa toilette et entreprit de lui faire la conversation, alors que Marc engageait avec Antoine une discussion sur les producteurs de fromage de la région. Après avoir vérifié que chacun ne manquait de rien, Florence s'éclipsa pour s'apprêter à son tour. Être entourée par ses nouveaux amis et ses proches pour cette fête de Noël qu'elle affectionnait tant la comblait de joie. Elle songea qu'elle avait beaucoup de chance puis se glissa sous la douche et savoura ce moment de détente bien mérité.

Toutes les bougies avaient été allumées, le sapin scintillait, et l'on n'attendait plus que Florence pour verser le champagne et trinquer à la santé de tous. Lise rayonnait dans une longue robe en dentelle noire et manches bouffantes ceinturée à la taille et agrémentée de petites fleurs brodées, qu'elle n'avait plus portée depuis le décès de son mari. Ses cheveux coiffés en chignon et retenus dans une résille terminaient son look romantique. Antoine avait bien du mal à ne pas la dévorer des yeux tant il la trouvait éblouissante. Au bout de quelques instants, Florence apparut en haut de l'escalier en s'excusant pour son retard. Camille et Bénédicte, ses deux amies, lui avaient téléphoné pour lui souhaiter un joyeux Noël et elle n'avait pas voulu remettre la conversation à plus tard tant elle était heureuse de les entendre. Elle resplendissait dans sa robe de velours noir rehaussée d'un motif floral vert en satin rappelant la couleur de ses yeux. De longs pendants d'oreilles assortis à sa toilette encadraient son visage, qu'elle avait légèrement maquillé. Un chignon haut dévoilait sa nuque gracile alors que quelques mèches vagabondes auréolaient ses traits raffinés. Elle s'était offert pour l'occasion des escarpins dans une boutique de Genève, qui mettaient en valeur ses jambes fines et musclées. Alban ne la quittait pas du regard. Il la trouvait absolument sublime et de nouveau, il était submergé par une vague de désir qui le laissait médusé. Incapable de bouger, il la contemplait descendre l'escalier, si naturellement belle.

Marc fit sauter le bouchon de champagne et remplit les verres tout en complimentant les femmes présentes pour leur élégance. Chacun trinqua et Antoine proposa un toast en l'honneur de l'amabilité de leurs hôtesses. Alban avait fini par s'approcher de Florence pour lui dire combien elle le troublait, et il avait failli renverser sa coupe tant il avait dû mal à contrôler son émoi. Décidément, cette femme lui faisait perdre tous ses moyens, mais loin de s'en offusquer, cette sensation lui apportait sa dose d'adrénaline, qui lui permettrait de déplacer des montagnes, s'il le fallait, pour la conquérir.

Ils terminaient l'apéritif lorsque le téléphone sonna. Lise s'excusa auprès de ses invités et partit répondre, tout en faisant signe à Florence d'inviter le petit groupe à passer à table. Lorsqu'elle décrocha le combiné, ses mains tremblaient et les battements de son cœur s'étaient accélérés. Elle pensa aussitôt que, malgré leurs dissensions, son fils Jean-Charles la contactait pour lui souhaiter un bon Noël. Mais la voix déformée qu'elle entendit à l'autre bout du fil lui confirma qu'il n'en était rien.

— Alors l'aristo, on reçoit le gratin comme au bon vieux temps ? Tes réceptions te manquaient ?

— Qui êtes-vous ? demanda Lise, la voix altérée par l'émotion.

— Un ami qui ne te veut pas du bien, reprit l'homme d'un ton agressif. Pourquoi tu n'es pas encore partie d'ici ? Ton mari est mort depuis longtemps, tu n'as plus rien à faire dans la vallée.

— Cette maison m'appartient et je suis ici chez moi, poursuivit la comtesse en essayant de reconnaître l'identité de son interlocuteur.

— Non. C'était le chalet de ton mari, pas le tien. Et on m'a dit que tu avais pris des locataires pour essayer de t'en sortir parce que tu n'as plus un sou. Ou peut-être que c'est juste pour t'amuser un peu ? Il paraît qu'elles sont pas mal roulées les deux nanas qui habitent chez toi ? Vous faites des soirées spéciales à trois ? Je pourrais peut-être venir me distraire avec vous ? Qu'en penses-tu l'aristo ? Je me souviens quand tu es arrivée dans la vallée, tu étais un sacré beau brin de fille. Mais t'étais une sainte-nitouche à l'époque...

— Que voulez-vous à la fin ? reprit Lise, envahie par une colère froide. Vous n'avez même pas le courage de me donner votre nom.

— Mais je voulais juste te souhaiter un bon Noël et une belle soirée avec tes amis et tes locataires, répliqua-t-il en ricanant. Et puis te dire aussi qu'on est plusieurs à vouloir que tu dégages d'ici. Souviens-t'en !

Il raccrocha sans qu'elle puisse ajouter un mot. Elle s'appuya contre le mur pour tenter de se calmer. Elle pensait qu'avec le temps et la mort de Geoffrey, elle pourrait enfin vivre en paix dans son chalet parce que les jalousies s'étaient éteintes. Mais visiblement, l'arrivée de ses deux locataires ravivait de vieilles histoires. Elle en fut peinée. Alors qu'elle se redressait pour rejoindre la petite assemblée, elle aperçut Antoine qui se dirigeait vers elle.

— Tout va bien, Lise ? s'enquit-il en lui prenant le bras. Vous êtes toute pâle. C'était votre fils ?

— Hélas non, mon ami. C'était un appel anonyme peu engageant qui me replonge dans un passé lointain...

— Que voulez-vous dire ? interrogea Antoine, la mine assombrie.

— Toujours la même chose. Je reste l'étrangère, mon cher ami. Certaines personnes ont espéré que je quitte la région au décès de Geoffrey ; que je disparaisse une bonne fois pour toutes de leur vallée. Mes problèmes financiers et la vétusté du chalet leur donnaient bon espoir, mais l'arrivée de Florence et Margaux annihile toutes leurs espérances. Ils se rappellent donc à mon bon souvenir... Mais ça ne durera pas. Lorsqu'ils comprendront que je suis indélogeable, ils passeront à autre chose.

— C'est vraiment lamentable, s'insurgea Antoine. Quels imbéciles ! Je ne voudrais pas que cela gâche votre soirée.

— Il n'en est pas question ! Que voulez-vous qu'ils me fassent ? Ce sont des lâches, qui n'osent même pas décliner leur identité. Comme l'a souligné cet horrible individu, la comtesse reçoit à nouveau dans sa demeure. Eh bien, que la fête commence et qu'elle soit réussie !

Sur ces mots, Lise prit le bras d'Antoine et rejoignit ses invités, un doux sourire aux lèvres. Elle voulait préserver Florence et Margaux de toutes les souffrances qu'elle avait endurées trop longtemps en silence. Elle se jura que personne ne viendrait obscurcir leur nouvelle existence ; elle était prête à se battre.

Lorsque Lise et Antoine furent installés, Florence remercia Adeline pour ses biscuits et elle invita chacun à déballer son paquet. Anaïs fut la première à découvrir une colombe en bois aux ailes finement ciselées. Elle se tourna vers sa mère pour avoir des explications. Florence prit la parole pour les éclairer sur le sens de ce présent :

— C'était très important pour moi de vous offrir un petit cadeau en lien avec mon nouveau lieu de vie et je dois avouer qu'Antoine m'a beaucoup aidée dans cette tâche. Nous sommes dans une région où le bois était autrefois utilisé dans de nombreux domaines : pour la construction des chalets, l'ameublement, l'art religieux, les outils… Chaque famille avait son emblème, comme un cœur, une rosace, un trèfle, une croix, gravé sur les ouvrages. Aujourd'hui, ces traditions revivent à travers divers objets, dont les colombes du colporteur que j'ai découvertes chez un artisan.

— C'est une délicate attention, souligna Alban. Pour ma part, elle trônera dans mon salon dès mon retour et je penserai à toi tous les jours en l'admirant.

— Moi aussi, répliqua Anaïs. Elle sera dans ma chambre à Strasbourg et j'aurai le sentiment que tu es chaque jour à mes côtés.

— Quant à moi, termina Lise, je la déposerai bien en vue dans mon atelier afin qu'elle m'inspire pour mes créations.

— Je suis heureuse que ma petite attention vous plaise, reprit Florence. Maintenant place aux agapes !

Chacun se délecta du repas de fête, agrémenté des vins d'exception que Marc avait apportés. Ils firent honneur aux noix de Saint-Jacques ainsi qu'au magret de canard à la mangue. Le plateau de fromages préparé par Antoine eut un énorme succès : Reblochon, tomme de Savoie et chèvres s'y côtoyaient, pour le plus grand plaisir des gourmets. Marc demanda à Antoine d'expliquer la spécificité du fromage d'Abondance et celui-ci, ravi de parler de son métier, ne se fit pas prier. Il rappela que cette pâte était exclusivement élaborée avec le lait cru et entier des races de vaches Abondance, Tarine et Montbéliarde, et qu'il était produit dans la zone s'étirant du Val d'Abondance aux Aravis, en passant par le pays du mont Blanc. Les conversations allaient bon train et les convives, enhardis par les délicieux breuvages, riaient plus que de coutume et s'apostrophaient comme de vieilles connaissances. Les hommes avaient rapidement découvert de nombreux sujets d'échange et Alban avait tout naturellement trouvé sa place entre Marc et Antoine malgré la différence d'âge. Du côté des femmes, l'ambiance était moins décontractée mais tout aussi amicale. Lise avait complimenté Adeline sur sa toilette puis l'avait remerciée d'avoir réalisé une belle décoration de table. Charmée par toutes ces attentions, Adeline avait à son tour félicité la comtesse et Florence pour leur repas succulent, et avait précisé qu'elle était heureuse de partager ce Noël avec des personnes aussi sympathiques. Anaïs, quant à elle, tout en participant aux conversations, envoyait des SMS à ses deux cousins, Paul et Lola. L'arrivée de Florence avec la bûche au chocolat et marrons fut saluée par de nombreux applaudissements, alors qu'Alban déposait macarons et douceurs sur la table.

À minuit, Adeline se leva pour commencer la traditionnelle distribution de cadeaux. Florence avait prévu un présent pour chacun, en fonction de ses goûts, et lorsqu'Anaïs lui sauta au cou après avoir enfilé la superbe doudoune dont elle rêvait depuis longtemps, elle sourit de plaisir. Elle fut très émue de découvrir les délicates aquarelles que Lise avait peintes pour chaque invité, ainsi que les ballotins de pralines achetés par Marc et Adeline. Mais elle fut stupéfaite quand elle vit Alban offrir à chaque femme un très joli foulard, et à Marc et Antoine une bonne bouteille de vin. Elle remercia chaleureusement sa mère pour le superbe pull jacquard, dont elle reconnut immédiatement la provenance, et le flacon de parfum. Personne n'avait été oublié, et Antoine termina la distribution de cadeaux en remettant à toutes les personnes présentes une adorable boîte en bois sculpté, fabriquée par ses soins.

Dehors, la neige continuait à étendre silencieusement son voile opalescent sur toute la vallée, pendant que les commensaux s'attardaient encore autour d'un café ou d'une tisane. Alors que les deux hôtesses proposaient d'installer au mieux leurs invités pour la nuit – car il était inenvisageable de reprendre la route –, Florence reçut un

SMS de Margaux. Amusée et attendrie, elle le lut à Lise :
Joyeux Noël à mes deux colocs. Suis coincée à Châtel à cause du mauvais temps. Je dors chez des potes. Si besoin de place pour pieuter du monde, pouvez prendre ma chambre et mon débarras. A plus.

— C'est bien dommage que Mag ne puisse rentrer au chalet, déclara Lise, mais c'est très aimable qu'elle nous permette de disposer de son logement.

— Oui, tout à fait. Comment nous organisons-nous ? J'ai laissé mon lit à mes parents et je vais m'installer dans mon bureau avec ma fille. Désirez-vous qu'Antoine prenne la chambre d'amis qui était réservée à Alban ? Ce sera plus confortable pour lui.

— J'avoue que je préférerais, mais je ne voudrais pas vexer votre ami.

— Je pense qu'Alban comprendra tout à fait et je crois qu'il a apporté un matelas pneumatique et un sac de couchage. Du coup, nous le mettrons dans le bureau de Mag.

— Je vous laisse voir ça avec lui.

Alban ne fit aucune difficulté pour céder sa place à Antoine, qui se confondit en excuses. Florence avait craint que sa mère ne fasse des remarques désobligeantes sur l'état quelque peu délabré des pièces et des salles d'eau, mais lorsque chacun se souhaita une bonne nuit, elle étouffa un bâillement et se rendit dans sa chambre sans aucun commentaire. Alban retint Florence quelques instants avant qu'elle ne rejoigne sa fille.

— J'ai passé une formidable soirée en ta compagnie, lui glissa-t-il à l'oreille. Et j'étais ravi de faire la connaissance de ta famille. Ils sont charmants, surtout Anaïs, et tu étais absolument divine.

— Merci, Alban. Moi aussi j'ai vécu un réveillon extraordinaire. Avoir mon enfant et mes parents pour Noël est le plus beau des cadeaux, et je suis très heureuse que tu aies apprécié mes amis et mes proches.

Il s'approcha doucement d'elle. Il aurait adoré l'embrasser avec passion et la sentir s'abandonner dans ses bras, mais son instinct lui soufflait de ne pas insister. Il faudrait du temps pour l'apprivoiser et lui donner confiance. Il se contenta d'effleurer sa joue de ses lèvres, tout en caressant légèrement ses épaules. Elle ne bougea pas et lui rendit son baiser, puis elle entra dans sa chambre. Anaïs lui avait laissé le lit d'appoint, et s'était installée sur un matelas tout à côté de sa mère. Avant de plonger dans un profond sommeil, elle se tourna vers elle et lui dit :

— Est-ce que tu as passé un beau réveillon Maman ? Es-tu contente ?

— Oh oui, ma grande fille. Vous avoir tous pour Noël au Léchat est le plus merveilleux des bonheurs. Je suis la maman la plus heureuse de la Terre ! Et toi, as-tu profité de cette soirée ? J'ai vu que tu utilisais parfois ton portable.

— J'étais avec Lola et Paul. Mais ne t'inquiète pas, j'étais super contente aussi. Et j'ai trouvé Antoine et Alban très sympas. D'ailleurs, ton pote de fac ne te quittait pas des yeux. Mais cela ne me regarde pas, n'est-ce pas ?

— Effectivement, lança Florence avec un clin d'œil. Et pour le moment ce n'est qu'un ami. Bonne nuit, ma puce. Je t'aime.

— Bonne nuit, ma petite maman. Je t'aime aussi.

Chapitre 8

Lorsqu'Antoine, au petit matin du vingt-cinq décembre, poussa les volets en bois de sa chambre improvisée, un panorama à couper le souffle s'offrit à ses yeux. Le plafond sombre et moutonneux de la veille avait disparu comme par magie pour laisser place à un ciel d'azur zébré à l'horizon par les dernières lueurs orangées du crépuscule. Le disque solaire commençait à s'élever dans le firmament, transformant la vallée en un paysage féérique. Aucun bruit ne troublait cette sublime vision du Val d'Abondance. Blotties sous une épaisse couche de neige, végétation et habitations semblaient s'être endormies en attendant la venue d'un bon génie pour reprendre vie, alors qu'au loin les sommets immaculés s'apparentaient à d'immenses sentinelles immobiles. Comme le soleil imperturbable continuait sa course, le panorama se mit soudainement à scintiller de mille feux, tel une parure de diamants. Revêtue de milliers de cristaux, la nature étincelait, si bien qu'Antoine dut protéger ses yeux pour ne pas être aveuglé. À quelques pas de lui, dans une autre pièce, Lise contemplait, elle aussi, la beauté de sa vallée avec délectation. Pour la première fois depuis bien longtemps, et malgré la blessure profonde qu'occasionnait l'absence de son fils et de son mari, elle ressentait à l'intérieur de son être une douce sérénité et le début de quelque chose qui s'apparentait au bonheur. Jamais elle n'aurait imaginé que cette idée de colocation puisse déboucher sur autant de pépites quotidiennes, qui transformeraient peu à peu le regard qu'elle portait sur sa vie. Florence et Margaux lui avaient permis de redonner du sens à son existence. Elle n'éprouvait plus, au fond d'elle, ces angoisses qui la prenaient à la gorge et la terrassaient durant des jours entiers. Elle ne souhaitait plus que la faucheuse vienne la surprendre en pleine nuit pour la mener enfin vers son cher Geoffrey. Ses pensées sombres l'avaient abandonnée, alors même que sa créativité retrouvait un second souffle. Un grincement de porte la ramena au présent. Elle entrouvrit la sienne et découvrit Antoine qui se dirigeait à pas de loup vers l'escalier. Elle le rejoignit, et tous deux descendirent dans la cuisine. C'était la première fois qu'il se trouvait de bon matin chez son amie, et il ne savait quelle attitude adopter. Lise, compréhensive, lui adressa un grand sourire et lui demanda :

— Avez-vous bien dormi, cher Antoine ?

— Oui, merveilleusement bien. J'avoue que j'ai beaucoup apprécié cette soirée de Noël en votre compagnie. Vous étiez très en beauté, et j'ai fait la connaissance de personnes fort aimables.

Lise rougit tout en remerciant Antoine pour son compliment.

Ils commencèrent à préparer le petit déjeuner, tout en conversant. Antoine avait fini de nettoyer la table du réveillon, et de son côté, Lise s'occupait du café et du thé. Au bout d'un moment, alors qu'ils étaient assis l'un en face de l'autre, il décida de lui ouvrir son cœur pendant qu'il en avait encore le courage :

— Prendre le petit déjeuner auprès de vous était un de mes rêves, Lise, et jamais je n'aurais cru possible qu'il se réalise. Pourtant, nous nous connaissons depuis longtemps et avons traversé bien des épreuves ensemble.

— Je suis quelque peu troublée par vos propos, Antoine. Nous sommes effectivement très proches et avons vécu de nombreuses souffrances, dont la perte de nos conjoints respectifs. Je n'oublie pas que vous m'avez beaucoup soutenue et que vous avez toujours été présent pour moi.

— C'était pour moi à la fois un devoir et un immense plaisir. Il était impensable que j'abandonne une amie dans le chagrin. Mais aujourd'hui, vous me paraissez totalement métamorphosée. Depuis que Florence est arrivée, je vous sens plus gaie, plus souriante et je retrouve en vous cette légèreté d'antan qui vous sied à merveille et ajoute à votre élégance.

— Vous me faites rougir, Antoine, mais vos observations sont justes. Je n'ai plus ce poids sur mes épaules qui m'alourdissait et pesait sur mon existence. Vous parlez de légèreté et c'est effectivement de cela qu'il s'agit. Je suis débarrassée d'un fardeau et je m'autorise à goûter à nouveau au bonheur.

— Mais ai-je encore une place dans votre vie, Lise, maintenant que vous allez mieux ? Vous vous doutez que mes sentiments pour vous ont évolué, et que j'aspire à autre chose qu'une simple amitié. Dites-moi si j'ai le droit d'espérer ou si je vous importune…

— Votre déclaration m'émeut, Antoine, et je vous avouerai que j'avais remarqué cette transformation. C'est encore un peu tôt pour moi, et je ne sais si à notre âge nous pourrions nous permettre autre chose qu'une relation fraternelle. Mais n'oubliez pas que j'ai besoin de votre attachement et de votre présence, et que vous aurez toujours une place de choix dans ma vie.

Antoine se leva et baisa tendrement la main de Lise. Ses yeux emplis de larmes pétillaient de bonheur et d'espoir. À cet instant, Florence et sa fille apparurent. Après avoir salué Antoine et Lise, Anaïs, le visage rayonnant, s'exclama :

— Il fait un temps magnifique et le paysage est vraiment sublime ! Je n'aurais jamais pensé découvrir le soleil en ouvrant la fenêtre. Il faudrait en profiter, n'est-ce pas, Maman ?

— Pour ce matin, cela me semble compromis, nous devons préparer le repas et déneiger les extérieurs et les voitures. Mais cet après-midi, pourquoi pas ?

— Je possède quelques paires de raquettes, précisa Lise. Si cela vous tente, vous pourrez partir directement du chalet.

— Je peux en prêter également, renchérit Antoine, j'en ai toujours une paire dans mon coffre.

— Tu en as déjà fait, Anaïs ? reprit Florence. Est-ce que cela te plairait ?

— Non, jamais. Mais j'essaierais bien !

Marc et Adeline arrivèrent à leur tour et lancèrent un bonjour à l'ensemble de la tablée.

— Je vois que nous ne faisons pas partie des matinaux, souligna Marc en souriant.

Adeline approuva, tout en se servant un bol de café fumant.

— Avez-vous bien dormi ? demanda Lise avec un peu d'appréhension.

— Extrêmement bien, répliqua Marc. Nous ne sommes pas habitués à autant de silence à Dijon. N'est-ce pas, Adeline ?

— Oui, je ne m'attendais pas à passer une aussi bonne nuit, déclara cette dernière. Et ta chambre est agréable, Florence. Tout compte fait, tu n'es pas trop mal installée. Quel est le programme pour aujourd'hui ?

— Pour ce matin, c'est opération déneigement puis préparation du repas, indiqua Florence. Et pour cet après-midi, Lise proposait une sortie en raquettes pour ceux qui seraient intéressés.

— Il fait trop froid pour moi, répliqua Adeline, et je suis fatiguée. De plus, je ne suis pas adepte des sports de neige. Je préfère rester au chalet. Et puis, j'aimerais ne pas rentrer trop tard ce soir à l'hôtel, car nous avons de la route demain.

Alban venait d'apparaître en haut de l'escalier. Il salua la petite assemblée et descendit, légèrement embarrassé d'être le dernier à se lever. Florence l'invita à s'asseoir, tout en disposant près de lui les confitures, le miel et les viennoiseries. Elle l'informa des propositions d'activités et il approuva immédiatement l'idée des raquettes, soulignant que faire du ski après leur courte nuit ne serait pas prudent.

— Ce ne serait pas raisonnable pour nous, précisa Florence en souriant, mais toi, je pense qu'il t'en faut plus que ça pour ne pas être à l'aise. Vu ton niveau et ta condition physique, je ne me fais aucun souci.

— Pourquoi dis-tu ça, Maman ? demanda Anaïs.

— Parce qu'Alban est extrêmement doué en ski. À ton âge, il épatait toutes les minettes avec ses figures acrobatiques sur les pistes noires. Il a même fait de la compétition.

— Waouh…, fit Anaïs. On a un champion avec nous ! Dommage que je ne puisse pas voir ça.

— Tu sais, Anaïs, souligna Alban en riant, j'ai arrêté tout ça depuis bien longtemps. Mais si l'occasion se présente, c'est avec plaisir que je skierai avec toi.

La comtesse proposa à chacun de vaquer à ses occupations affirmant, pour sa part, qu'elle s'attelait à la préparation du repas, et notamment de la dinde farcie qu'Antoine avait eu la gentillesse d'apporter. Chacun s'était levé pour desservir lorsque le téléphone d'Anaïs sonna. Elle décrocha un sourire aux lèvres :

— Coucou, mon petit papa, joyeux Noël ! dit-elle heureuse de l'entendre.

Tout en poursuivant sa conversation, elle monta dans le bureau de sa mère pour pouvoir bavarder avec son père tranquillement.

— Comment vas-tu ? continua-t-il.

— Super bien. Le réveillon était top et le chalet est génial, et ce matin, le paysage était à couper le souffle. Nous irons peut-être faire des raquettes cet après-midi. J'en ai vraiment gros sur le cœur de partir demain, mais maman recommence son travail. Et toi, comment as-tu passé les fêtes ?

— Je suis à Saint-Malo chez mes parents, et mon frère Sylvain est là avec ses jumelles. Ton oncle Hugo doit arriver aujourd'hui. J'étais content de les revoir. D'ailleurs, ils t'embrassent tous.

— Tu leur feras des bisous de ma part également. Tu leur as présenté ton amie ?

— Non. Diane fêtait Noël de son côté avec sa fille, et elle pense qu'il est encore trop tôt pour faire la connaissance de ma famille. De toute façon, je ne veux pas me précipiter non plus.

— Tu es heureux, Papa ? Tout va bien pour toi ?

— Mais oui, ma chérie, ne t'inquiète pas. Je suis en pleine forme et j'apprécie ma vie à Paris. Et comment va ta mère ? Il n'y avait que tes grands-parents à Noël, je suppose ?

Anaïs se demanda si elle devait mentionner la présence d'Alban à son père. Elle répugnait à lui mentir, mais de toute façon, il n'y avait rien entre cet homme et Florence.

— Non, il y avait d'autres personnes. Lise, la propriétaire du chalet, avait convié un ami et il y avait un copain de maman, qui est venu parce qu'il était seul pour les fêtes.

— Qui était-ce ? reprit Romain d'une voix altérée.

— Il s'appelle Alban. Je crois qu'ils se sont connus quand elle était en fac de lettres.

Anaïs sentit son père se crisper et il y eut un long silence. Romain avait du mal à digérer l'information. Ainsi, sa femme avait bien tourné la page, et elle avait invité ce type à Noël en présence de sa fille et de ses parents. Une colère indicible l'envahissait. Il n'avait pas encore présenté Diane à Anaïs, alors qu'elle avait déjà rencontré cet homme. Il contint sa rage pour ne pas paraître trop affecté devant sa fille.

— Et tu l'as trouvé comment ce copain ? ne put-il s'empêcher de demander.

Anaïs avait ressenti son exaspération et ne voulait pas le blesser davantage.

— Il a l'air relativement sympa, rétorqua-t-elle, mais je n'ai pas beaucoup discuté avec lui. Par contre, j'ai vraiment apprécié Antoine, l'ami de Lise, qui est du coin et connaît merveilleusement bien le Chablais.

— Est-ce que ta mère s'habitue à vivre à la montagne ? Sa colocation lui plaît ?

— Elle adore la région et se sent bien au chalet. Et même si elle a quelquefois le blues, elle a retrouvé sa gaieté et sa bonne humeur.

— Bon, c'est le principal, n'est-ce pas ? déclara-t-il d'une voix atone. Et si tu as apprécié ton Noël, je suis heureux pour toi. On programmera un week-end pour se voir tous les deux à Strasbourg ou à Besançon, OK ? On se tient au courant. J'ai très envie de passer du temps avec toi.

— Bien sûr, mon petit papa. Je t'appelle début janvier et on fixe une date. Je t'embrasse très fort, je t'aime.

— Je t'aime aussi, ma grande fille. Envoie-moi quelques photos de ton week-end. Gros bisous.

Anaïs raccrocha avec un serrement de cœur. Elle était persuadée que son père n'était pas comblé par sa nouvelle vie et qu'il regrettait d'avoir quitté sa mère pour une autre femme. Elle lui en avait beaucoup voulu lorsqu'elle avait appris sa trahison, ainsi qu'à Florence qui selon elle avait accepté les choses trop facilement. Aujourd'hui, elle tentait de raisonner en adulte et d'être objective vis-à-vis de ses parents. Elle essayait de ne pas les juger car elle les aimait tous les deux et que leur histoire de couple ne la concernait pas. Le plus important pour elle était de conserver des liens forts avec chacun d'eux parce qu'elle en avait besoin. Alors qu'elle sortait du bureau, elle entendit sa mère papoter dans sa chambre. Elle s'approcha et cette dernière l'invita à entrer. Florence était en grande discussion avec Robin et Sonia. Elle les avait appelés pour leur souhaiter un joyeux Noël et la conversation s'éternisait, car Sonia et Flo avaient mille choses à se raconter. Après leur avoir fait promettre de venir une semaine tous les quatre pendant les vacances de février, elle les embrassa et leur passa Anaïs, puis elle descendit au séjour.

Tout le monde avait trouvé de quoi s'occuper. Lise et Antoine avaient terminé la préparation de la fameuse dinde qui cuisait au four, pendant qu'Adeline vidait le lave-vaisselle et réalisait une jolie table pour le déjeuner. Marc et Alban rendaient accessibles les abords du chalet.

S'habillant chaudement, Florence sortit pour les rejoindre. Elle avait besoin de s'aérer et de faire un peu d'exercice. Elle prit une balayette pour déblayer les voitures ensevelies sous un mètre de neige.

— Il en est sacrément tombé, remarqua Florence. Je pense que nous aurons une belle saison si ça continue comme ça.

— Oui, et elle a l'air vraiment bonne, poursuivit Alban. Une belle poudreuse, parfaite pour le ski de randonnée !

— Ah, on voit bien là les sportifs, souligna Marc en riant. Moi, je suis plus prosaïque et j'espère simplement qu'il n'y en aura pas trop sur les chemins !

Antoine venait d'apparaître sur le perron et tout en enfilant son épaisse parka, il répondit :

— Ne vous inquiétez pas, Marc, j'ai appelé un ami cantonnier et les routes sont dégagées. Vous n'aurez aucun problème pour rejoindre votre hôtel ce soir, et ils n'annoncent pas de chutes de neige pour demain. C'est grand beau temps !

Ils rirent de bon cœur tous les trois et Florence fut encore saisie par la bonne humeur qui régnait. Ils s'entendaient bien et s'étaient réparti les tâches de façon naturelle. Alban avait déjà nettoyé les abords du chalet. Sa force physique était un atout non négligeable pour ce genre de travail harassant. Il ne rechignait pas devant l'effort et Florence le trouva très séduisant, vêtu d'un pantalon de velours vert sapin associé à un pull irlandais écru et une doudoune sans manches. Anaïs les avait rejoints et, alors qu'elle s'interrogeait sur la meilleure façon de rendre service, sa mère lui lança une boule de neige qui l'atteignit à l'épaule. Surprise, elle riposta dans la foulée. Rapidement, les hommes se jetèrent dans la bataille et deux équipes se formèrent. Anaïs et Marc d'un côté, et Florence et Alban de l'autre. Antoine, quant à lui, continuait à pelleter tout en évitant les balles perdues. Attirées par les rires et les cris, Adeline et Lise apparurent à la fenêtre et profitèrent du spectacle.

— Je suis certaine que cette bataille est encore une idée de ma fille, marmonna Adeline. C'est une vraie gamine !

— Je ne suis pas du même avis que vous, rétorqua la comtesse. Je la définirais plutôt comme une adulte qui a conservé une âme d'enfant. Elle aime la vie et s'amuse de petits riens. Je trouve que c'est une très belle qualité.

Pendant qu'elles échangeaient toutes les deux, Florence avait glissé sur de la neige tassée et peinait à se relever. Adeline vit alors Alban se précipiter vers elle et la soulever délicatement, le visage soucieux tout proche du sien. Anaïs avait couru vers sa mère et l'interrogeait.

— Tu ne t'es pas fait mal, Maman ? Ça va ?

Florence se mit debout en grimaçant.

— Bon, je crois que ces jeux ne sont plus de mon âge, déclara-t-elle. Ne t'inquiète pas, je me suis juste un peu meurtri la hanche. J'aurai un gros bleu, mais tout va bien.

Alban ne lâchait pas Florence. Il la tenait par la taille et dispersait la neige plaquée sur sa doudoune et une partie de ses cheveux, ce qui n'échappa pas au regard scrutateur d'Adeline.

— Je pense qu'il est l'heure de rentrer, suggéra Marc. Nous avons bien travaillé. Il me tarde de déguster votre dinde farcie, Antoine.

— Et moi votre foie gras, Marc !

Tout le monde se retrouva à l'intérieur et après s'être changé, chacun se souhaita encore un beau Noël, une coupe de champagne à la main. Enfin, ils s'attablèrent et firent honneur aux mets délicieux préparés par une partie des convives. Le soleil déclinait à l'horizon lorsqu'ils sortirent de table. La chute de Florence les avait empêchés de faire des raquettes, et ils avaient pris tout leur temps, conversant avec entrain entre chaque plat et savourant ce moment familial et amical. Après le café, Marc sollicita Lise pour visiter les combles du chalet. Un peu étonnée, elle acquiesça et l'invita à la suivre. Alban et Antoine, accompagnés de Florence et Anaïs, leur emboîtèrent le pas. Adeline, quant à elle, préféra bouquiner près du poêle.

— Je ne possède pas un château, déclara Lise à Marc, et j'ai bien peur que vous soyez terriblement déçu. D'autre part, il y a un énorme bazar, là-haut.

— Peu m'importe, répondit-il. Je suis très curieux et j'adore visiter les maisons chargées d'histoire.

Arrivé sur le palier du premier étage, Marc, toujours très observateur, découvrit un tableau qui semblait relativement ancien. Interpellant Lise, il demanda :

— Ce portrait représente-t-il quelqu'un de votre famille ?

— De celle de mon mari plutôt. Il s'agit d'Humbert, le frère puîné du comte Amédée du Praz de la Semblière, l'arrière-grand-père de Geoffrey. Mais cette toile ne possède qu'une valeur affective, car l'artiste qui l'a réalisée était un illustre inconnu. Un ami de la famille, je crois, qui peignait en dilettante.

Lorsqu'ils furent au pied de l'échelle, ils grimpèrent les uns derrière les autres et déboulèrent dans un immense grenier qui présentait une belle hauteur de plafond. Les murs de pierres et de bois étaient percés d'ouvertures étroites et l'on distinguait sur l'un des côtés un lourd battant en épicéa.

— À quoi servait cette ouverture ? demanda Anaïs.

— C'était une ancienne porte de grange. Comme le chalet est construit sur un versant très en pente, nous sommes presque au niveau du terrain, de ce côté de la maison. C'est par ici que les ouvriers agricoles rentraient les diverses provisions pour l'hiver, ainsi que les récoltes.

La beauté de la charpente stupéfia Marc ; malgré les ravages du temps, l'enchevêtrement complexe des poutres offrait un charme extraordinaire à l'édifice. D'anciens outils, des contenants de toutes sortes, quelques lampes à pétrole jonchaient le sol. Trois malles en vieux cuir étaient disposées dans une encoignure du grenier. L'une était ouverte et l'on voyait dépasser quelques vêtements démodés et usés par les années. Une armoire dont le bois endommagé par l'humidité se colorait de taches sombres habillait un pan de mur. Contre l'un des montants, des tableaux de Lise étaient entassés à même le sol. Anaïs s'en approcha et découvrit des toiles abstraites monochromes. Tout était laissé à l'abandon et une forte odeur de poussière prenait à la gorge. Florence restait silencieuse. Elle songeait à son projet de chambre d'hôtes et imaginait l'espace totalement rénové avec de grandes baies vitrées, du bois à profusion, une cheminée centrale pour le lieu de vie — et pourquoi pas un hammam et un jacuzzi où pourraient se prélasser les clients. Ce chalet possédait tous les atouts pour plaire à des personnes exigeantes en quête de beauté naturelle et de repos. L'endroit était enchanteur, et Florence restait persuadée qu'hiver comme été, cette habitation pourrait attirer une foule de touristes. Comme si Lise avait lu dans ses pensées, elle se rapprocha discrètement d'elle et lui dit :

— Puis-je parler de votre idée, Florence, ou préférez-vous que nous gardions cela pour nous ?

— Cela ne me pose aucun problème, répondit-elle surprise. J'ai toute confiance dans les personnes présentes, et leur avis m'intéresse grandement.

Lise s'éclaircit la voix et demanda qu'on lui accorde un peu d'attention. Tous s'approchèrent et l'entourèrent comme des élèves disciplinés.

— Juste avant que nous fêtions Noël, Florence m'a fait part de son désir de s'installer ici durablement et j'ai été à la fois extrêmement étonnée et véritablement ravie. Nous nous entendons très bien et depuis l'arrivée de mes deux colocataires, ma vie est plus aisée et bien moins monotone. Connaissant mes difficultés financières, Florence m'a exposé un projet qui lui tient à cœur et qui pourrait m'aider à conserver ce chalet. Elle souhaiterait que nous nous lancions dans la création de chambres d'hôtes à l'endroit où vous vous trouvez actuellement. Ouvrir ma maison à des inconnus me paraît inenvisageable, et pour l'instant, je suis totalement hostile à cette entreprise. Mais je sais aussi que Florence est intelligente, sensée et courageuse, et qu'elle parle rarement à la légère, c'est pourquoi je veux malgré tout réfléchir à sa proposition. Et comme vous êtes des personnes ayant un lien familial ou amical avec Florence et moi-même, j'aimerais avoir votre avis.

Marc prit la parole le premier et déclara :

— Je suis très touché, Lise, de votre confiance et je ne suis pas étonnée par le projet de Florence. Ma belle-fille fonctionne au coup de cœur et n'hésite pas à s'engager quand elle sent les choses dans ses tripes. Je me disais depuis un moment, en observant ce grenier, qu'il possédait un potentiel formidable. J'imaginais un espace de travail et de détente sous la forme d'un atelier de peinture et d'une salle de sport. Mais réaliser des chambres d'hôtes me paraît une excellente idée. La région s'y prête et votre demeure également. Cela vous permettrait d'obtenir un revenu non négligeable et d'utiliser à bon escient l'immensité de votre habitation. Mais c'est une entreprise qui nécessite de grands investissements.

— Et vous, Antoine, quelle est votre opinion ? interrogea la comtesse en se tournant vers lui.

— Je rejoins totalement Marc. Votre chalet possède de nombreux atouts pour devenir une maison d'hôtes. Mais c'est un projet qui demande beaucoup de préparation en amont et qui occasionnera de gros travaux de restauration et l'obligation de trouver des moyens financiers importants. Tout cela doit être étudié avec précision. Il faut également, Lise, que vous acceptiez le principe de l'accueil de touristes dans votre demeure, avec la prise en compte de ses avantages et inconvénients. Mais je suis séduit par le concept !

— Moi aussi, intervint Anaïs. Je pense que c'est une merveilleuse idée et je suis persuadée que les gens adoreront venir ici. Et vous, Lise, vous les ferez tous craquer avec votre élégance, votre langage suranné et votre côté artiste. Et je vous apporterai mon aide pendant les vacances.

Florence regarda tendrement sa fille puis apostropha Alban :

— Tu ne t'es pas encore exprimé. Donne-nous ton avis.

— Je suis peut-être le moins légitime pour me prononcer sur ce sujet. Je trouve ton projet très intéressant et certainement porteur, mais je pense qu'il est peut-être prématuré. Tu n'es là que depuis quelques mois et ta décision de changer d'existence a été motivée par une rupture sentimentale. Il me semble que tu dois prendre le temps de poser tes valises et de réfléchir calmement à ton avenir avant d'envisager de te lancer dans une aventure qui t'attachera durant de longues années, voire définitivement, dans cette région.

— Et si je te disais, renchérit Florence, que m'installer ici a été une évidence dès le début. Depuis que je suis arrivée au Léchat, j'ai l'impression de me réaliser pleinement, d'être libre et en accord avec moi-même. J'ai besoin d'expérimenter de nouvelles voies dans un lieu qui me permettra de m'enraciner profondément pour ne plus avoir la crainte d'être brisée. Et j'ai la conviction que c'est ici, au cœur de cette vallée et dans ce chalet, que je dois recommencer ma vie.

— Si c'est ce que tu penses, je n'ai rien à ajouter. Mais il faudra que tu aies les reins solides pour te lancer dans une entreprise d'une telle ampleur, ne l'oublie pas.

— Merci pour ton soutien, Alban, reprit Florence un peu dépitée.

— Tu m'as demandé mon avis et je te le donne. Je suis franc avec toi, et je crois que c'est ce que tu attends.

Alban avait légèrement élevé la voix. Il était anéanti par ce qu'il venait d'entendre. Jamais il n'aurait imaginé que Florence déciderait de vivre dans ce coin de montagne indéfiniment. Il s'était figuré qu'elle avait besoin de temps pour prendre du recul par rapport à sa rupture et pour se reconstruire. Il était prêt à attendre qu'elle chemine et qu'elle panse ses blessures dans ce lieu retiré. Mais là, il s'agissait de toute autre chose. Elle désirait s'investir dans un projet de grande envergure, où la présence d'un compagnon à ses côtés n'était pas envisagée. Et d'autre part, elle considérait la colocation, non plus comme une étape nécessaire à son rétablissement, mais comme une nouvelle façon de vivre et d'exister en tant que femme. Il ressentait une immense déception qui balayait violemment tous ses espoirs. Pourtant, certains regards ne trompaient pas. Il ne lui était pas indifférent, et il l'avait sentie proche de lui à plusieurs reprises durant ce week-end, prête à s'abandonner dans ses bras. Alors que chacun regagnait le séjour, il se calma peu à peu et tenta de se rassurer. Il y avait très peu de chance pour que ce projet aboutisse. D'une part, Lise n'était pas emballée et n'avait pas donné son accord. D'autre part, aucune banque ne prêterait un centime à une veuve désargentée et à une femme divorcée. Cette entreprise avorterait avant même qu'elle ne voie le jour et il serait présent pour consoler Florence, l'aider à faire le deuil de son rêve et lui offrir une nouvelle vie faite de passions communes et de plaisirs partagés. Rasséréné par ses pensées positives, il se dit que la bataille engagée pour vivre avec celle qu'il aimait n'en était qu'à son commencement, et qu'il ne lâcherait rien jusqu'à ce qu'il obtienne satisfaction.

Chapitre 9

Lorsqu'Adeline avait compris que Florence était à l'origine du projet de création de chambres d'hôtes, elle avait pensé qu'elle perdait la raison : elle allait investir ses économies dans la restauration d'un chalet dont elle n'était pas propriétaire, hypothéquant son retour à une vie normale à Besançon. Alors qu'elle s'était persuadée que ce départ dans les Alpes n'était qu'une étape nécessaire pour guérir de sa séparation d'avec Romain, elle découvrait que son enfant était prête à se mettre en danger pour une entreprise ahurissante, forcément vouée à l'échec. L'image de Florence ruinée, brisée, débarquant à Dijon et leur demandant de l'héberger lui avait fait perdre son sang-froid. Elle s'était dirigée vers sa fille, le visage blême.

— Créer des chambres d'hôtes dans un chalet délabré ! vociféra-t-elle. Mais où vas-tu chercher des idées pareilles ? Tu es devenue folle ou quoi ?

— Mais enfin, Adeline, calme-toi, intervint Marc, sidéré par de tels propos. Rien n'est fait, personne ne s'est engagé et il n'y a pas de quoi en faire un drame !

— Mais tu ne vois donc pas que Florence ne grandira jamais, répliqua-t-elle. Je la trouve immature et complètement égoïste. Crois-tu qu'elle pense à sa fille en voulant se lancer dans une telle entreprise ?

— Mamie, je n'ai pas eu le sentiment d'avoir une mère égocentrique, rétorqua Anaïs au bord des larmes, mais plutôt une maman à l'écoute et toujours prête à prendre soin de moi. Par contre, elle, elle n'a peut-être pas eu cette chance !

La gifle était partie à une vitesse foudroyante, surprenant Anaïs qui, sans un mot, avait alors quitté la pièce pour monter à l'étage.

Margaux, arrivée quelques instants plus tôt, avait échangé un regard avec Lise et sans perdre une minute, avait rejoint la jeune fille. Florence, anéantie par la réaction de sa mère, s'était laissé tomber sur une chaise, alors qu'Antoine et Alban, extrêmement embarrassés, s'étaient éclipsés pour se réfugier dans la cuisine. Lise avait apporté un verre d'eau à Adeline, soulignant que tout le monde était grandement fatigué et qu'une bonne nuit de sommeil serait la bienvenue. Marc avait immédiatement capté le message. Il avait aidé sa femme à s'habiller et tous deux avaient quitté le chalet pour rejoindre leur hôtel.

Florence n'avait pas bougé. Recroquevillée sur elle-même, elle pleurait silencieusement, étrangère à tout ce qui se passait autour d'elle. Antoine, comprenant qu'il ne pouvait être d'aucune utilité, avait embrassé son amie, puis était reparti chez lui. Alban, quant à lui, hésitait : il aurait adoré enlacer Florence pour la consoler, lui confier que les propos de sa mère n'avaient aucun sens, qu'il connaissait ses nombreuses qualités et que demain tout serait oublié, mais il pressentait également que leur relation ambiguë ne permettait aucun rapprochement dans ces moments douloureux et qu'il devait la laisser en paix. Il monta prendre ses affaires et après avoir salué la comtesse et effleuré la chevelure de Florence en lui disant qu'il pensait très fort à elle, il quitta lui aussi la maison.

Un calme étrange succédait à la tempête. Lise avait installé Florence sur le canapé à côté d'elle et, sans un mot, l'avait entourée de ses bras tout en lui offrant un mouchoir. Elle l'avait sentie s'abandonner contre elle alors que ses sanglots redoublaient. Elles étaient restées toutes deux lovées l'une contre l'autre, puisant dans le silence un profond apaisement. Au bout d'un moment, Florence sortit de sa torpeur et se mit à parler :

— Ma mère a peut-être raison, même si je ne comprends pas son animosité à mon égard. À quarante-deux ans et bientôt divorcée, j'aurais dû faire l'acquisition d'un petit appartement à Besançon avec une chambre pour ma fille et continuer mon métier d'enseignante sans me poser de questions. Je me sens complètement ridicule ce soir avec ce projet stupide. Tout ce qui est arrivé est de ma faute, et je suis vraiment désolée, Lise, de vous avoir infligé tout ça.

— Je vous trouve bien sévère avec vous-même, Florence, répondit Lise. Je comprends tout à fait que vous soyez blessée et profondément meurtrie par les propos qu'a tenus Adeline. Je les considère comme inacceptables et je suis en admiration devant Anaïs qui vous a défendue avec fougue, et qui prouve, s'il en était besoin, que vous êtes une femme et une éducatrice responsables. Je crois que votre mère ne pensait pas du tout ce qu'elle a dit et qu'elle regrette déjà ce qui s'est passé. Vous lui renvoyez peut-être des choses qu'elle ne peut assumer ou qu'elle vous envie secrètement, comme votre aptitude à vous émerveiller de tout, ou encore votre capacité à prendre des risques. J'ai la conviction que vos personnalités très différentes sont à l'origine de vos conflits récurrents.

— J'avoue que la réaction de ma mère me perturbe beaucoup et remet tout en question. Elle m'a élevée et doit forcément bien me connaître. Peut-être que c'est moi qui ai une fausse idée de ce que je suis véritablement.

J'ai terriblement peur de correspondre en tous points à la personne qu'elle a décrite tout à l'heure. Je crois que je ne pourrais pas accepter d'être cet individu-là.

— Et pensez-vous, Florence, que je vous apprécierais autant si vous étiez une femme qui n'a pas grandi, qui ne s'intéresse qu'à elle et qui pose des actes inconséquents ? Réfléchissez et regardez comment les personnes que vous côtoyez vous perçoivent et vous aurez la réponse à vos interrogations. Et peut-être qu'Anaïs a trouvé la solution concernant les remarques acerbes de votre mère à votre encontre.

— Comment ça ?

— Eh bien, elle vous affuble en permanence des défauts qui sont peut-être les siens, et Anaïs a tapé dans le mille avec sa réplique cinglante.

— Au fait, où est ma fille ? demanda Florence en émergeant de son profond abattement. Je me suis effondrée sans m'occuper d'elle alors qu'elle a vécu des moments bien pénibles tout à l'heure.

— Ne vous inquiétez pas, Florence, reprit Lise. Elle est entre de bonnes mains. Margaux est arrivée pendant la dispute, et lorsqu'Anaïs est partie dans votre chambre, elle l'a suivie pour ne pas la laisser seule.

— Oh, c'est vraiment gentil. Heureusement que je vous ai, toutes les deux. Je suis triste et tellement déçue de la façon dont s'est achevé ce week-end.

— Eh bien, nous allons tenter d'égayer cette soirée. Noël n'est pas terminé, à ce que je sache. Nous allons allumer quelques bougies, refaire une jolie table et dîner toutes les quatre. Vous rêviez d'avoir Margaux durant ces fêtes, alors autant profiter de sa présence.

— Vous êtes merveilleuse, Lise. Je vous adore, et j'ai vraiment l'impression que vous êtes une mère pour moi.

La comtesse ne sut que répondre. Cette remarque était un cadeau inestimable pour celle qui était persuadée d'avoir failli dans son rôle de maman et entraîné son fils dans l'abîme. Troublée et confuse, des larmes perlant à ses paupières, elle partit dans la cuisine préparer un dîner léger.

Au même moment, une porte à l'étage s'ouvrit et Anaïs descendit les escaliers pour venir se jeter dans les bras de Florence. Elles restèrent ainsi de longues minutes sans se parler, collées l'une à l'autre. Au bout d'un moment, Florence regarda sa fille et voyant ses yeux rougis lui demanda :

— Comment vas-tu ? Je suis vraiment désolée de t'avoir fait vivre une scène pareille. Je me sens terriblement fautive, si tu savais.

— Tu n'as rien à te reprocher, Maman. C'est mamie qui est responsable de tout. C'est elle qui a perdu les pédales et s'est donnée en spectacle, et je ne suis pas prête d'oublier les mots qu'elle a prononcés. Je lui en veux pour le chagrin qu'elle te fait et je ne lui pardonnerai pas.

— Ne dis pas ça, Anaïs, c'est ta grand-mère malgré tout. C'est notre famille.

— Quelle famille, en effet ! Les seules à prendre soin de nous ce soir, c'est Mag et Lise.

— Mag s'est occupée de toi ?

— Oh oui, on a beaucoup discuté. Elle est vraiment géniale. Elle m'a laissé parler et je lui ai un peu raconté notre vie. Ça ne t'ennuie pas, Maman ?

— Mais non, pas du tout. J'ai confiance en cette jeune personne, et si cela t'a fait du bien, c'est le principal.

Lise annonça que le repas était prêt et tout naturellement, Anaïs proposa d'aller prévenir Mag.

Florence accepta, ne sachant comment sa fille serait accueillie. Au bout de quelques instants, Anaïs, souriante, redescendit avec Margaux.

— Ben, tu vois, Florence, lança-t-elle, on finit par manger ensemble à Noël. Tu es contente, j'espère ?

— Je suis ravie, mais j'aurais aimé que cela se passe dans de meilleures conditions. Je suis vraiment désolée que vous ayez assisté, Lise et toi, à cette scène familiale.

— Tu n'as pas à t'excuser, déclara Mag. On n'a pas à endosser les conneries de nos parents. C'est à eux de prendre leurs responsabilités. Et quand ils ne peuvent pas le faire, et ben tant pis. On les laisse dans leur mouise.

— Tu as complètement raison, Mag, renchérit Anaïs souriante, et j'adore la manière dont tu t'exprimes.

— Bon, concernant la façon de parler, vaut mieux que tu copies la comtesse. Je suis sûre que ta mère préférera.

Alors qu'elles éclataient de rire toutes les trois, Margaux reprit :

— Je voudrais pas avoir l'air d'en rajouter une couche, mais je pense que ton idée de chambres d'hôtes est géniale, Flo. Il y aurait de quoi faire un truc super ici et je suis certaine que ça marcherait du tonnerre. Voilà, j'avais juste envie de te donner mon avis et te dire que c'est pas toi qui as un grain. Et pour changer de sujet, j'ai oublié de vous dire que votre décoration de Noël est chiadée, les filles. J'ai jamais eu ça chez moi et ça réchauffe l'atmosphère.

— Merci beaucoup, Mag, répliqua Florence, les larmes aux yeux. Tu ne peux pas savoir à quel point tes paroles me font du bien et me remontent le moral.

Avant de commencer à dîner, Lise offrit à Mag son aquarelle et Florence sa colombe du colporteur. Émue et un peu gênée, la jeune femme les remercia tout en précisant qu'elle n'avait rien à leur donner en retour. Flo répliqua immédiatement que sa présence suffisait et que le temps qu'elle avait accordé à Anaïs était un beau cadeau pour toutes les deux. Lise fit passer le foie gras pendant que Florence servait le pacherenc. Levant son verre, Mag déclara :

— Joyeux Noël au Léchat et longue vie à notre comtesse et à son chalet !

La soirée s'était terminée au salon autour d'un morceau de bûche et d'une tisane. Elles avaient beaucoup ri et abusé des bons vins qu'avait apportés Marc. C'était la première fois que Margaux goûtait des grands crus, et elle avait apprécié ces nectars sans beaucoup de modération. Anaïs avait posé des questions à Mag sur sa vie. Celle-ci avait raconté quelques anecdotes sur son tour du monde ainsi que sur son existence dans sa camionnette, quand les hivers très froids la faisaient grelotter dans son sac de couchage et qu'au petit matin, elle ne pouvait ouvrir la porte de son véhicule tant elle était gelée. La marginalité de Mag attirait irrésistiblement Anaïs, alors que Margaux semblait attendrie par sa candeur. Florence ressentait une certaine complicité entre les deux jeunes femmes, qui, pourtant, se connaissaient à peine. On aurait dit que Mag, instinctivement, avait pris l'étudiante sous son aile, mue par un besoin farouche de la protéger.

Le lendemain matin, quand Marc et Adeline se présentèrent au chalet pour récupérer Anaïs, tout le monde se sentait mal à l'aise, sauf Lise qui avait tenu à saluer ses hôtes. Adeline, extrêmement crispée par la présence de la comtesse, bafouilla des remerciements, déposa une bise sur la joue de sa fille sans la regarder, puis monta rapidement dans sa voiture. Marc, quant à lui, prit le temps d'embrasser tendrement sa belle-fille et s'excusa pour les paroles prononcées par sa femme. Il tenta de réconforter Florence en lui chuchotant qu'Adeline regrettait son emportement et qu'elle téléphonerait promptement pour lui en parler. Florence resta calme, garda les yeux secs et étreignit longuement sa fille. Le soutien qu'elle avait reçu d'Anaïs et de ses deux colocataires, ainsi que la belle soirée qu'elle avait passée en leur compagnie avait grandement atténué son chagrin. Elle se posait encore beaucoup de questions, mais elle était persuadée que sa mère avait dépassé les bornes et qu'elle lui devait des excuses. Lise avait réussi à lui redonner confiance en elle, et elle avait décidé qu'elle n'accepterait plus jamais qu'une telle scène se produise.

Janvier s'éclipsait, cédant la place à un mois de février froid, mais ensoleillé. Le domaine des Portes du Soleil, qui comprenait douze stations dont Châtel, Morzine et Avoriaz, fonctionnait à plein régime et accueillait des centaines de touristes venus profiter des nombreux sports de glisse, mais aussi d'une kyrielle d'activités toutes plus attrayantes les unes que les autres. Antoine avait dégoté un beau 4x4 d'occasion tout équipé à Florence, ce qui lui permettait d'avoir beaucoup plus de liberté. Depuis cette fameuse soirée du vingt-cinq décembre, Margaux semblait moins farouche et plus encline à partager des moments au chalet avec Lise et Florence. Elle avait accepté plusieurs fois de dîner en leur compagnie, et elle avait même proposé à Flo de skier avec elle de temps à autre. Elles se retrouvaient ainsi la journée et partaient à la conquête du domaine. Étant l'une et l'autre très sportives, elles se faisaient plaisir en avalant des kilomètres de pistes et en profitant de paysages grandioses. Parfois, elles s'arrêtaient dans un restaurant d'altitude pour savourer une boisson chaude face aux sommets enneigés et discuter de tout et de rien. Florence avait relaté à Mag sa discussion avec Olivier concernant les rapports de Lise avec les habitants de la vallée, et elles en avaient conclu que leur arrivée au chalet réactualisait certainement de vieilles querelles. Florence était irrésistiblement attirée par l'histoire de Lise, alors que Mag semblait y accorder moins d'importance.

— Elle devait être vraiment irrésistible lorsqu'elle était plus jeune, pour que le père d'Olivier en ait parlé à son fils, déclara Florence, un brin de mélancolie dans la voix. Tu crois que quelqu'un est tombé fol amoureux ? Une personne mariée, prête à tout quitter pour elle ?

— Comment veux-tu qu'je l'sache ? reprit Mag. C'est possible. C'est vrai qu'elle est bien roulée, la comtesse, et j'l'imagine avec quelques années en moins. Une vraie bombe ! Enfin, avec la classe en plus ! Moi j'me demande si c'est pas plutôt une histoire de gros sous. Dans cette région touristique, la bâtisse des aristos, elle a dû en tenter plus d'un. Quand le comte a cassé sa pipe, certains se sont peut-être dit qu'elle allait s'barrer et qu'ils pourraient faire une super affaire en rachetant pour rien un chalet en ruine.

— Oui, c'est une éventualité, concéda Florence. En tout cas, certaines choses n'ont pas été réglées. Mais je n'ose pas en parler à Lise. J'ai peur d'être indiscrète.

— Pour le moment, j'pense qu'il vaut mieux la laisser tranquille, souligna Mag. Y a déjà le projet des chambres d'hôtes qui la perturbe, alors vaut mieux pas lui en rajouter une couche !

— Merci de me rappeler cet épisode… répondit Flo sur la défensive.

— Mais t'emballe pas comme ça. J'te taquine. Ton idée est géniale. Laisse-lui le temps de digérer tout ça. Tout n'est pas perdu.

— Si tu le dis… bougonna Florence. Et toi, quels sont tes projets ? Quelle nouvelle région vas-tu explorer cette année ?

— J'en sais rien. Pour le moment, j'profite du temps présent. J'me plais bien ici. Et puis j'adore la montagne et la neige. C'est pur la neige ; cette blancheur efface tous les maux… Dis donc, voilà que j'me mets à bien parler comme toi et la comtesse !

Parfois, Margaux glissait d'infimes informations sur sa vie. C'est ainsi que Flo avait appris qu'elle était l'aînée de trois filles et qu'elle ne voyait plus sa famille depuis très longtemps. Mag avait présenté Florence à son groupe de copains. Elle avait sympathisé avec quelques pisteurs, ainsi qu'avec deux moniteurs de ski. De temps à autre, elle participait aux différentes soirées organisées dans la station. Elle s'était retrouvée une fois en boîte de nuit et s'était fait draguer ouvertement par un des moniteurs en question. Grand brun musclé aux yeux noisette, il était célibataire et avait tout pour plaire. Ils avaient dansé ensemble et elle avait apprécié sa douceur et ses gestes sensuels. Mais quand il lui avait proposé un dernier verre, elle avait décliné l'invitation, alors même que son corps avait réagi à ses caresses. Elle n'arrivait jamais à franchir le pas et à terminer la nuit avec quelqu'un. Était-ce parce qu'elle n'était pas encore véritablement divorcée ? Avait-elle peur de ne pas être à la hauteur, ou bien attendait-elle à nouveau de rencontrer l'amour pour se donner pleinement à quelqu'un ? Elle n'en savait rien et n'osait pas discuter de ces sujets très intimes avec Lise ou Margaux.

Elle correspondait toujours avec Alban. Il lui avait écrit une longue lettre après le week-end de Noël pour lui expliquer son choix d'être reparti directement le vingt-six décembre au matin sans venir la saluer. Son attitude lui avait plu, atténuant le sentiment désagréable qu'il lui avait laissé lors de la visite des combles. Il avait renouvelé son soutien, l'assurant qu'elle pouvait compter sur lui en toute occasion. Avec beaucoup de subtilité, il avait réussi à dissiper sa gêne face aux débordements de sa mère, lui signifiant qu'il avait beaucoup apprécié sa famille et que son séjour au Léchat resterait gravé dans sa mémoire. Il avait également envoyé ses vœux à Lise pour la bonne année, la remerciant pour son chaleureux accueil à Noël. Ils s'appelaient régulièrement et elle aimait entendre sa voix grave qui possédait toujours sur elle un effet magnétique. Il lui parlait de son travail, de son fils, mais il pouvait aussi l'écouter durant de longs moments.

Depuis l'esclandre d'Adeline, personne à part Margaux n'avait osé questionner Florence sur son projet, et Alban ne faisait pas exception à la règle. Elle-même ne savait plus trop ce qu'elle désirait. Le désintérêt de Lise pour son idée et la crise de sa mère avaient calmé ses ardeurs entrepreneuriales. Elle s'était tout de même renseignée sur les différentes démarches à effectuer et avait téléchargé sur Internet un livret sur la création de maisons d'hôtes.

Adeline lui avait téléphoné quelques jours après son départ du Léchat. Elle avait souligné que ses paroles avaient dépassé sa pensée et qu'elle n'aurait jamais dû s'énerver ainsi devant tout le monde. Pour ce qui était de son projet, elle continuait à le trouver absurde et invitait sa fille à tenter de reprendre une vie normale. Elle avait terminé la conversation en lui rappelant qu'Anaïs ne s'était toujours pas excusée pour ses propos irrespectueux. Florence était restée impassible. Bizarrement, elle se sentait totalement détachée et la voix de sa mère lui paraissait lointaine et sans intérêt. Au fond d'elle, quelque chose s'était brisé depuis cette mémorable soirée, la libérant de ses attentes à son égard. Pendant des années, elle avait espéré qu'Adeline pose sur elle un regard bienveillant et admiratif et qu'elle la complimente pour ses réussites. C'était tout le contraire qui s'était produit. Plus Florence grandissait et s'épanouissait, plus sa mère affichait une légère hostilité envers elle, alors qu'elle encourageait son fils dans ses projets et lui montrait de l'affection. Malgré ses écarts de traitement, Florence n'avait jamais jalousé Robin. Et même si elle prenait conscience aujourd'hui qu'il avait toujours été le préféré d'Adeline, elle ne briserait en aucun cas le lien profond qui les unissait depuis leur plus tendre enfance.

Elle avait d'ailleurs été ravie de sa présence, ainsi que de celle de Sonia et de ses neveux à Châtel durant une semaine. Alors que les trois cousins profitaient des nombreuses activités de la station, Florence avait pu se libérer pour passer des moments avec le couple. Robin désapprouvait totalement le comportement de leur mère, et comme à l'accoutumée, lui et sa femme avaient pris le temps d'écouter Florence. Elle leur avait confié qu'elle était décidée à s'installer dans ce coin de Haute-Savoie parce qu'elle s'y sentait merveilleusement bien et qu'elle avait rencontré des gens passionnants auxquels elle s'était profondément attachée. Elle avait ajouté que même si son idée de chambres d'hôtes tombait à l'eau, elle ne quitterait pas le chalet. Ils lui avaient alors suggéré de ne pas baisser les bras, lui assurant qu'elle pouvait compter sur leur soutien. Après leur départ, Florence avait retrouvé son entrain et sa pugnacité. Elle devait songer à son avenir et trouver des projets qui la stimuleraient. Elle était embauchée au magasin jusqu'à la fermeture de la station qui aurait lieu mi-avril et Maud lui avait laissé entendre qu'elle pourrait continuer à mi-temps si elle le désirait. Elle réfléchissait également à reprendre son métier d'enseignante en septembre, car le contact avec les élèves lui manquait. Elle devrait donc choisir rapidement entre une prolongation de sa mise en disponibilité ou l'obtention d'un nouveau poste de professeur.

Quand elle en avait la possibilité, Florence partait vagabonder en pleine nature pour se ressourcer et penser à sa vie. Elle chaussait parfois des raquettes et quittait le chalet par un sentier qui se faufilait au bout d'une centaine de mètres dans les bois. Elle adorait se retrouver seule au cœur de cette nature vierge. Le silence l'enveloppait et semblait l'isoler du monde alors qu'elle progressait entre les sapins, cherchant le passage le plus approprié. Elle appréciait cette solitude qui, loin de l'angoisser, l'apaisait et la reconnectait avec elle-même. Quitter, le temps d'une balade, le flot des touristes et l'ambiance frénétique des stations était essentiel à son équilibre. Le soleil, dont les rayons jouaient à cache-cache avec les branches des conifères, magnifiait chaque parcelle du terrain. La neige qui fondait au bout des ramures se métamorphosait en gouttes de cristal aux mille facettes alors que plus haut des arbustes figés par le gel se transformaient en d'étincelantes sculptures. Tout n'était que féérie et Florence ne perdait pas une miette du spectacle que lui offrait Dame Nature. Elle apercevait de temps à autre, se faufilant entre les fourrés, un lièvre ou un chevreuil. S'immobilisant, elle captait parfois le regard étonné et curieux de l'animal qui l'observait fugacement avant de reprendre sa course. À certains endroits, le bruit crissant des raquettes sur le sol gelé accompagnait sa progression alors qu'elle grimpait à flanc de coteaux pour rejoindre les crêtes.

Une fois de plus, elle fut récompensée de tous ses efforts quand elle découvrit le panorama grandiose qui s'offrait à ses yeux et dont elle ne se lassait pas. Les pointes acérées des pics marmoréens se détachaient sur le ciel azur, alors qu'en contrebas, les forêts saupoudrées d'un voile laiteux entouraient les villages regroupés autour de leur église. Enivrée d'air pur, elle s'amusa à redescendre les pentes neigeuses de l'alpage en courant, afin de rejoindre le chalet l'esprit reposé et le corps rassasié. Le 4x4 d'Antoine était garé dans la cour et elle entendit des voix dès son entrée dans le vestibule. Elle pensait saluer Antoine rapidement et filer dans sa chambre pour laisser la comtesse recevoir son ami tranquillement. Elle fut étonnée lorsque cette dernière lui lança :

— Ah ! vous voici Florence. Je me doutais que vous étiez partie faire du sport et profiter de ce temps merveilleux.

— Oui, c'était un vrai régal, reprit Florence. Je ne me lasserai jamais de ces paysages majestueux.

Florence embrassa Antoine et prit la direction de l'étage, mais Lise la retint.

— Avez-vous un moment à m'accorder ? déclara-t-elle. J'aimerais beaucoup m'entretenir avec vous.

— Aucun problème, répliqua Florence légèrement intriguée.

— Eh bien voilà ! je ne voulais pas vous faire attendre plus longtemps quant à ma décision concernant les chambres d'hôtes. Vous avez besoin d'une réponse, et j'ai beaucoup apprécié votre patience et votre discrétion.

— Je me voyais mal vous harceler, Lise. D'autre part, j'avais conscience qu'il s'agissait d'un projet de grande envergure qui nous aurait engagées l'une envers l'autre de manière durable.

— Vous en parlez comme s'il n'était plus d'actualité.

— Heu… Oui, peut-être… Jusqu'à présent, cette idée m'a valu pas mal de déboires et du coup, je me pose aujourd'hui de nombreuses questions. Mais je suis quelqu'un qui ne renonce pas facilement.

— Ah, vous me rassurez parce que de mon côté, je suis prête à tenter l'aventure et à faire de ce chalet une maison d'hôtes.

— Quoi ? Que dites-vous ? Vous… Vous êtes d'accord ?

— Vous semblez complètement abasourdie par mes propos. Il me fallait simplement un temps de réflexion et j'avoue qu'Antoine m'a beaucoup aidée à analyser votre proposition sereinement. Nous en avons longuement discuté à plusieurs reprises. Je ne voulais pas prendre une décision à la légère, c'était trop important. Je crois qu'effectivement, cette nouvelle activité est le seul moyen pour moi de conserver ce chalet auquel je suis si attachée. Et puis, il m'a fait remarquer que c'était une belle preuve de confiance que vous me prodiguiez. Je ne m'en étais pas aperçue sur le moment, mais je me rends compte aujourd'hui des risques que vous encourrez alors que vous n'êtes pas propriétaire de cette habitation et que vous n'êtes ici que depuis quelques mois.

— Tout projet comporte des écueils et j'en suis totalement consciente. Mais je vous l'ai déjà confié. Dès ma première visite, je suis tombée sous le charme de cette demeure et cette impression ne m'a plus jamais quittée. Je dois fonctionner un peu à l'instinct dans mes choix de vie.

— Maintenant que notre décision est arrêtée, poursuivit la comtesse, il faut que nous réfléchissions à comment financer ce projet, et c'est là qu'intervient mon ami Antoine.

— Comment ça ? demanda Florence perplexe.

Antoine, qui jusque-là était resté silencieux et s'était contenté d'écouter, prit la parole :

— J'ai rapidement trouvé votre idée très intéressante, Florence, pour la bonne raison que j'y avais déjà pensé, mais Lise étant seule, c'était irréalisable. Quand je vous ai entendue à Noël, j'ai tout de suite compris que cette fois-ci, l'entreprise était viable. Il fallait simplement permettre à Lise de s'ouvrir à cette nouvelle éventualité et de cheminer. Il fallait également la rassurer sur le côté pécuniaire du projet. Et c'est là que j'entre en ligne de compte.

— Moi aussi, précisa Florence. J'ai un peu d'économies et je suis prête à en injecter dans notre action.

Lise sourit, touchée par tant d'enthousiasme et de confiance.

— Les petits ruisseaux font les grandes rivières, renchérit Antoine, et c'est une très bonne nouvelle que vous puissiez participer financièrement à l'opération. Quant à moi, j'ai proposé d'investir en tant que mécène, puisque ce chalet est par certains côtés une demeure historique qui fait partie du patrimoine de la vallée d'Abondance.

— Il n'en est pas question, répliqua la comtesse, je vous l'ai dit. Je ne veux pas que vous me preniez en pitié et que vous me fassiez l'aumône !

— Ne vous fâchez pas, poursuivit Antoine. Nous avons déjà eu cette discussion mouvementée. Comme Lise refuse que je collabore à ce projet gracieusement, j'ai décidé de lui prêter de l'argent qu'elle me remboursera quand elle le pourra. Et je suis absolument ravi de participer à cette formidable entreprise qui, j'en suis persuadé, sera une véritable réussite.

Florence retenait des larmes de joie. Jamais elle n'aurait imaginé que les choses se décanteraient aussi vite. Elle embrassa à tour de rôle Antoine et Lise qui la regardaient tendrement.

— Merci, merci à vous deux, murmura-t-elle. Je suis si heureuse que vous me fassiez confiance.

— Mais c'est moi qui dois te remercier, Florence. Merci pour ta patience et pour ton attachement, et merci d'être un jour entrée dans ma vie. Tu m'as apporté une bouffée de fraîcheur et d'oxygène, tu m'as permis de retrouver la saveur des choses, et tu m'as fait quitter le pays des ombres où je m'enfonçais sans retour possible.

— Oh, mais vous me tutoyez, Lise. C'est la première fois.

— Oui, en effet, c'est une inattention de ma part, excusez-moi.

— S'il vous plaît, j'aimerais que vous continuiez à me dire « tu ». C'est tellement important pour moi de vous sentir très proche à un moment où je suis si triste et désemparée.

Lise était bouleversée par les paroles de Florence. Elle imaginait combien la dispute avec sa mère avait pu la faire souffrir et la fragiliser. Ce besoin de plus grande proximité et cette confiance qu'elle lui témoignait agissaient comme un baume sur le cœur meurtri de la comtesse.

— C'est d'accord, je te dirai « tu » et tu peux me tutoyer également.

— Je ne sais pas. J'adore vous vouvoyer. C'est pour moi une manière de vous montrer le respect et la profonde affection que je vous porte. Nous verrons bien. Puis-je dorénavant en parler à mon entourage ? Je suis tellement contente. J'aimerais prévenir Anaïs le plus tôt possible.

— Bien sûr, ce projet est lancé, souligna Lise. Il faut également informer Mag qui est directement concernée. Nous en discuterons avec elle ce soir.

— Avec plaisir ! Nous ouvrirons une bouteille de champagne pour l'occasion, déclara Florence. J'espère que vous serez présent, Antoine ? Car vous faites partie de l'aventure.

— Je ne peux pas refuser cette invitation, admit-il, même si je me contente du rôle de banquier dans cette affaire. Ce projet vous appartient ainsi qu'à Lise et j'ai bien l'impression que c'est une histoire de femmes, et que les hommes ne sont qu'au second plan.

Lise et Florence protestèrent d'une même voix, alors qu'elles trouvaient la remarque d'Antoine judicieuse. À travers cette création de chambres d'hôtes se jouaient leur avenir et la possibilité pour elles deux d'expérimenter une nouvelle façon de vivre loin des modèles traditionnels dans lesquels elles avaient découvert l'amour et le bonheur, mais aussi la souffrance et l'amertume notamment pour Florence.

— Je trinquerai donc à votre belle équipe, précisa Antoine. Et vous savez bien que vous pourrez toujours compter sur moi. Je suis votre sigisbée, ma chère comtesse !

Les deux femmes le remercièrent, et Lise fut rassurée par l'amitié indéfectible qu'il lui témoignait, car se lancer dans cette aventure l'inquiétait plus qu'elle n'osait le dire.

Florence souligna qu'il était nécessaire de se mettre rapidement au travail et qu'il était primordial de fixer des temps de réunion réguliers pour élaborer les différentes étapes du projet de manière efficace. Elle précisa qu'il faudrait se répartir les tâches en fonction des compétences de chacune.

— Votre aplomb m'est d'un grand secours, Florence, reprit Lise, et vous me semblez posséder toutes les qualités d'un chef d'entreprise, ce qui me donne du courage. Car comme le dirait Mag dans son langage familier : *Je suis morte de trouille !*

Antoine et Florence éclatèrent de rire tant ces mots leur paraissaient incongrus dans la bouche de leur chère comtesse. En montant dans sa chambre pour se préparer, Florence songea que sa vie n'avait rien d'un long fleuve tranquille, mais qu'elle ressemblait plutôt à un torrent impétueux qui l'entraînait à grande vitesse vers un futur plein de surprises.

Chapitre 10

Florence se souviendrait toute sa vie des jours qui suivirent l'approbation de Lise pour les chambres d'hôtes. Elle était envahie par une excitation qui dynamisait son corps autant que son esprit. Plein d'allant, elle faisait sa journée à la boutique, toujours souriante et attentive aux demandes des clients, puis elle se remettait au travail le soir après le dîner, seule ou en compagnie de Lise. La comtesse et Florence s'étaient retrouvées comme prévu pour lister les démarches à réaliser et s'organiser pour être efficaces. Florence avait proposé de faire un état des lieux des chambres d'hôtes environnantes, pour mieux se démarquer de ce qui existait déjà. Elle avait souligné qu'elles disposaient de nombreux atouts. D'une part, le chalet était vaste, très bien situé – même si l'accès pouvait être ardu par mauvais temps – et, surtout, il faisait partie des habitations traditionnelles du Val d'Abondance et possédait un charme extraordinaire. D'autre part, Lise était artiste-peintre, elle avait beaucoup d'élégance et de prestance, et son abord pourrait plaire à une certaine clientèle qu'il serait intéressant de cibler. La comtesse avait rappelé son choix de débuter l'activité en douceur. Elles opteraient donc pour la création de trois chambres dans un premier temps. Elles espéraient que l'apport d'Antoine associé à celui de Florence leur permettrait de procéder à la transformation du grenier, mais il fallait aussi aménager les extérieurs et la somme ne serait, à l'évidence, pas suffisante. Il fallait réaliser les plans et chiffrer le projet, chose relativement compliquée pour qui n'était pas de la partie. Lise avait proposé de contacter son ancien notaire afin qu'il les renseigne sur la forme juridique que devait prendre l'entreprise et qu'il les guide dans les nombreuses démarches administratives à effectuer. Les deux femmes avaient également rencontré le maire de la Chapelle d'Abondance pour l'avertir de l'ouverture d'une nouvelle maison d'hôtes. Celui-ci avait accueilli leur projet avec bienveillance, soulignant qu'elles pourraient peut-être solliciter des aides auprès du conseil régional.

Florence avait annoncé la bonne nouvelle à Anaïs, qui avait crié sa joie au bout du fil, en lui promettant qu'elle viendrait la soutenir dès que son emploi du temps le lui permettrait. Elle avait également contacté Marc sur son portable, à l'insu de sa mère, car c'était inconcevable pour elle qu'il ne soit pas au courant du lancement de son activité. C'était la première fois qu'elle dissimulait à Adeline un pan de sa vie, et elle en fut chagrinée. Comme à son habitude, son beau-père avait été très chaleureux et l'avait complimenté pour son beau projet. Il croyait en elle et était certain qu'elle réussirait, malgré les nombreuses difficultés. Il s'était réjoui d'apprendre qu'Antoine avait proposé une aide financière et avait rappelé à sa belle-fille qu'elle pouvait compter sur le même soutien de sa part. Elle l'avait remercié et lui avait promis de l'informer régulièrement des avancées des travaux.

Lorsqu'ils s'étaient réunis tous les quatre autour d'une bouteille de champagne pour fêter le démarrage du projet, Margaux avait félicité Lise et Florence avec sa gouaille habituelle, mais les deux femmes avaient perçu qu'elle forçait le trait et que le cœur n'y était pas. Elle leur avait laissé entendre que son besoin de s'évader était moins prégnant et que son existence de nomade commençait à lui peser. Du coup, elle n'avait encore entrepris aucune démarche pour retrouver un emploi. Au fond d'elle, elle savait très bien qu'elle n'était plus la même, et que cette colocation avait changé la donne. Bizarrement sa rencontre avec Anaïs avait accéléré le processus en cours, mais elle ne se l'expliquait pas. Quand elle était montée la rejoindre ce fameux vingt-cinq décembre et qu'elle l'avait trouvée en larmes et totalement désemparée, Mag avait été fortement remuée, comme si elle ressentait dans sa chair la blessure de la jeune fille. La terrible déception d'Anaïs envers cette grand-mère qu'elle aimait tant résonnait aux tréfonds de son être. Mag qui n'était pourtant pas tactile l'avait entourée de ses bras attendant que la crise passe. Anaïs avait alors pu exprimer sa violente colère vis-à-vis d'Adeline qui accablait sa maman d'une manière sordide et incompréhensible. Elle avait vécu cela comme une effroyable injustice, car elle avait le sentiment que Florence avait toujours respecté Adeline et qu'elle avait pris soin de ne jamais la dénigrer. Elle ne supportait plus les attaques totalement gratuites et méchantes de cette aïeule qui aurait dû leur apporter gentillesse et assistance parce qu'elle faisait partie de leur famille. Anaïs avait très bien transcrit ce fort sentiment de solitude et d'abandon qu'elle ressentait après la crise d'Adeline. Elle se retrouvait seule avec sa mère face à l'adversité d'une femme qui aurait dû leur prodiguer un amour inconditionnel.

Margaux avait éprouvé la même chose quand sa famille lui avait tourné le dos alors qu'elle avait subi un profond traumatisme. Sa fratrie et ses parents l'avaient traitée de menteuse tandis qu'elle attendait soutien, compréhension et bienveillance de leur part. Sans dévoiler son lourd secret,

Mag s'était un peu confiée à Anaïs, soulignant qu'elle avait également enduré un rejet familial qui l'avait beaucoup affectée. Elles avaient longuement discuté et Margaux s'était positionnée en grande sœur vis-à-vis d'Anaïs, dont elle avait apprécié la compagnie dès les premiers instants. Mag ne pouvait plus se cacher la réalité de ce qu'elle vivait. Au cœur de ce chalet, elle avait, sans le vouloir, recréé des liens d'amitié qui l'attachaient à Lise et Florence. Plus les mois passaient et plus leur personnalité et leur complémentarité lui plaisaient. Elle ne se sentait jamais jugée ni critiquée alors qu'elle les avait blessées plus d'une fois par ses paroles tranchantes ou son comportement incompréhensible. Elle adorait la sagesse de Lise, son allure aristocratique et son calme olympien que rien ne paraissait ébranler, même dans les situations les plus délicates. Elle affectionnait tout autant la bonne humeur communicative de Florence, sa vitalité, ses fous-rires incessants et sa capacité à s'émerveiller de tout. Elle ne pouvait plus se le cacher : elle avait retrouvé une famille et ne désirait plus la quitter. Mais aurait-elle encore sa place au chalet alors que ces colocataires se lançaient dans une nouvelle aventure ?

Florence, de son côté, ne masquait plus sa joie ni sa fougue. Avec l'accord de Lise, elle avait annoncé à ses collègues et amis la création de chambres d'hôtes. Maud l'avait félicitée lui assurant qu'elle lui ferait beaucoup de publicité et que le succès serait au rendez-vous. Agnès et Gérard Deminzas étaient tombés des nues. Jamais ils n'auraient imaginé que Lise du Praz de la Semblière accepterait ce type d'activités sous son toit. Gérard, n'ayant pas sa langue dans sa poche, avait dit à Florence :

— Mais tu nous as complètement changé l'aristocrate du Léchat ? Elle, qui refusait de voir du monde depuis le décès de son mari, va recevoir des touristes chez elle. C'est incroyable !

— Moi, je suis admirative, avait souligné Agnès, et je vous envie toutes les deux. Vous avez vécu des moments très douloureux dans votre vie et vous trouvez la force de vous lancer dans de nouveaux projets. Votre histoire est fantastique et je suis en admiration devant votre amitié et la confiance que vous vous témoigniez. C'est une belle leçon de solidarité.

— Oui, surtout que l'entraide, il n'y en a pas toujours dans nos villages, reprit Gérard sur un ton suspicieux.

— Que voulez-vous dire par là ? déclara Florence aux aguets.

— Eh bien, le chalet est immense, bien placé, et vous pouvez faire quelque chose d'extraordinaire. Du coup, vous risquez de faire des envieux parce que…

— Mais tais-toi donc Gérard ! s'exclama Agnès. Ne gâche pas le plaisir de notre Florence avec ces balivernes. Des personnes jalouses, il y en a de partout, et cela ne les empêchera pas de réaliser leur projet. Et toi, Florence, je suis sûre que l'on commence à t'apprécier à Châtel. Les gens parlent et Maud Mougnier a beaucoup de connaissances. Si elle te soutient, ce sera une aide précieuse.

Cette conversation avait de nouveau perturbé Florence. Elle espérait que son idée n'alimenterait pas les ressentiments de certains individus envers la comtesse, car elle ne voulait lui causer aucun tort. Elle était repartie songeuse et légèrement mal à l'aise après cette discussion. Puis, elle s'était rappelé le côté pessimiste de Gérard, qui tel un oiseau de mauvais augure ne prévoyait l'avenir que sous de sombres auspices.

Florence désirait également partager son enthousiasme avec Alban. Ils échangeaient régulièrement depuis Noël, et elle s'habituait à sa présence discrète. Elle le considérait comme un bon camarade même si une certaine ambiguïté planait toujours sur leur relation. Elle savait pertinemment qu'il ne se contenterait pas de son amitié et elle-même ressentait parfois une irrésistible attirance pour cet homme dont elle peinait à saisir la personnalité. Il pouvait être attentionné et respectueux, ce qui incitait Florence à baisser la garde et à imaginer la possibilité d'une idylle entre eux, puis quelques instants plus tard, il devenait froid et cassant parce que les paroles qu'elle avait prononcées ne correspondaient pas à ses attentes. Dans ces moments-là, elle était envahie par une angoisse diffuse, comme si on tentait de lui imposer par la force une direction qu'elle refusait de choisir. Instinctivement, elle prenait alors ses distances et se refermait pour se protéger. Ces ressentis contradictoires l'épuisaient et ne la sécurisaient guère. Elle s'interrogeait souvent sur leur origine, se demandant si sa séparation d'avec Romain en était la cause ou si Alban, sous ses allures de jeune premier romantique, possédait un côté ténébreux qui se manifestait dès qu'il était contrarié. Malgré ces nombreuses cogitations, elle décida de l'appeler et composa son numéro. Il décrocha à la première sonnerie.

— Bonjour, ma jolie montagnarde, lança-t-il d'une voix vibrante. Comment vas-tu ?

— Bonjour, Alban. Je vais merveilleusement bien et j'avais très envie de t'annoncer quelque chose qui me transporte de bonheur.

— De quoi s'agit-il ? reprit-il d'un ton qu'il supposait ferme et enjoué.

— Lise a donné son accord pour les chambres d'hôtes et nous avons commencé les diverses démarches. Ça y est, Alban, mon rêve devient réalité. Nous nous lançons dans une belle aventure. Je suis si heureuse, et tout excitée à l'idée de tout ce que nous allons vivre durant les mois qui viennent. Je suis tellement fière que nous puissions redonner vie à ce chalet, que Lise me fasse confiance et accepte ce challenge.

— Effectivement, je te sens dans un état d'exaltation extrême. Si tu es comblée, je suis vraiment content pour toi. Et vous allez vous en sortir financièrement ?

— J'ai obtenu un petit pécule suite à la vente de ma maison et je vais en investir une partie dans le projet. Et Antoine nous prête de l'argent. Nous avons donc une somme de départ qui va nous permettre de débuter les travaux. Mais auparavant, il faut réaliser le plan des combles. Lise et moi avons quelques idées que nous avons mises sur papier. Mais je pense qu'il nous faudra un architecte. Nous sommes en train d'y réfléchir pendant que notre notaire s'occupe des démarches administratives.

— Eh bien, je vois que les choses prennent forme. Tu vas enfin te réaliser pleinement et atteindre l'objectif que tu t'étais fixé. Si tu as besoin de quoi que ce soit, n'hésite pas. Au fait, je pensais te rendre visite fin mars, après que le flot de touristes aura quitté la région. Auras-tu un peu de temps à m'accorder ?

— Oui, avec plaisir, mais je préférerais un peu plus tard. Je serai plus disponible ; mes journées sont bien chargées en ce moment.

— Pas de problème. J'ai très envie d'être près de toi et je trouverai toujours le moyen de venir te rejoindre, quels que soient le jour et l'heure.

Ils échangèrent encore quelques mots puis Florence le quitta, soulagée de ne pas avoir perçu de colère dans sa voix quand elle lui avait appris la nouvelle. Heureuse, elle se replongea dans ses recherches de subventions et décrocha son téléphone pour appeler le conseil régional. Lorsqu'elle reposa le combiné, elle était fière d'avoir obtenu un rendez-vous pour la semaine suivante. Florence ressentait de la satisfaction pour chaque action accomplie. Travailleuse, elle prenait plaisir à découvrir de nouveaux domaines de connaissances et les utilisait de façon pertinente. Le notaire, par exemple, avait été sidéré de son intérêt pour des notions juridiques et administratives ; qui le plus souvent ; avaient un effet soporifique sur ses clients. Les compliments qu'on lui dispensait de toutes parts représentaient une source inépuisable d'énergie qu'elle mettait au service de sa petite entreprise.

Lise, quant à elle, ne savait plus où donner de la tête. Elle n'imaginait pas l'onde de choc qui parcourrait le Val d'Abondance suite à l'annonce de la création de chambres d'hôtes au chalet. Depuis qu'elles avaient déposé leur projet à la mairie, les langues s'étaient déliées, et pas un jour ne passait sans qu'elle ne reçoive un coup de téléphone de voisins ou d'anciennes connaissances qui, sous prétexte de lui souhaiter bonne chance, tentaient d'en apprendre davantage. L'arrivée de deux femmes dans sa demeure avait également donné lieu à de nombreux commérages, que l'embauche de Florence chez les Mougnier – l'une des plus grandes familles de la vallée – avait atténués ; d'autant plus que Maud n'avait pas hésité à faire l'éloge de sa salariée.

Lise, comme à son habitude, tentait d'affronter la tourmente paisiblement. Elle restait discrète sur ses projets et comptait sur le temps pour ne plus être le point de mire de la vallée et calmer les esprits. Ses journées étaient bien remplies également. Le tri des objets et meubles du grenier lui incombait, et elle s'efforçait chaque jour de monter au moins deux heures dans les combles pour réaliser ce travail fatigant, autant physiquement qu'émotionnellement. Au fil de ces trouvailles, le passé ressurgissait, apportant son flot de réminiscences et de nostalgie. Elle avait parfois le sentiment d'éprouver charnellement la présence de Geoffrey ou d'entendre sa voix lui susurrer des mots affectueux. Elle cessait alors toute activité pour capter fugacement la douceur réconfortante de leur tendre complicité d'antan, espérant que s'arrête la fuite éperdue du temps qui effaçait, un peu plus chaque jour, les contours des souvenirs qu'elle désirait sauvegarder à tout prix.

Malgré ces moments de vague à l'âme, Lise profitait pleinement de sa nouvelle existence. En moins d'un an et grâce à la venue de ses deux locataires, tout son univers avait été chamboulé. Elle avait retrouvé le plaisir de vivre et recevait de nouveau quelques amis qu'elle avait connus lorsque Geoffrey possédait sa boutique d'antiquités à Thonon-les-Bains. La vitalité qui l'habitait avait insufflé un élan inédit à sa création. Depuis quelque temps, elle s'intéressait à nouveau à l'aquarelle et au figuratif, puisant son inspiration dans les paysages alentour. Le galeriste qui exposait ses œuvres avait d'ailleurs beaucoup apprécié l'évolution de son travail. Peu à peu, elle reprenait confiance en l'avenir et imaginait déjà les premiers touristes franchissant la porte du chalet.

Le soleil brillait et malgré la présence d'une abondante couche de neige sur les montagnes environnantes, Lise avait le sentiment que le printemps tentait une timide apparition. Les premiers crocus commençaient à éclore, égayant par endroits le sol blanchâtre et du côté du versant sud, l'herbe des prés semblait reverdir. Lise sortit sur le pas de la porte et respira profondément l'air pur de la vallée puis elle décida de prendre son courrier. Une enveloppe attira son attention, car l'adresse était écrite en lettres d'imprimerie de façon grossière. Elle l'ouvrit et fut stupéfaite de son contenu. On avait découpé maladroitement des caractères dans un journal pour en faire un message qu'elle récita à haute voix tant elle était sidérée : *LAISSEZ TOMBER LES CHAMBRES D'HÔTES SINON VOUS AUREZ DE GROS ENNUIS.* Elle s'affala sur une chaise puis relut à plusieurs reprises le texte pour se persuader qu'elle ne rêvait pas.

— Si c'est une plaisanterie, elle est de très mauvais goût, pensa-t-elle légèrement tremblante. Qu'est-ce que cela signifie ?

Atterrée, elle ne savait que faire. Elle aurait aimé en parler à quelqu'un, mais Florence et Mag travaillaient toutes les deux et elle ne voulait pas les importuner. Elle réfléchit quelques instants et s'aperçut que sa respiration était irrégulière. C'était la première fois de sa vie qu'elle recevait une lettre anonyme, et malgré son calme apparent, elle accusait le coup. Passablement inquiète, elle décida d'appeler Antoine sur son portable. Il répondit immédiatement et écouta Lise sans l'interrompre, médusé par ce qu'il venait d'apprendre.

— Nous n'avons jamais vu de chose pareille dans la vallée ! s'exclama-t-il. Je veux bien croire qu'il y ait des rancœurs et des jalousies tenaces dans tous les villages, mais là, ça dépasse l'entendement. Comment vous sentez-vous, Lise ?

— Mieux depuis que je vous ai au bout du fil. J'avoue avoir été quelque peu surprise et secouée. Je ne m'attendais pas à un tel événement.

— Désirez-vous que je vienne au chalet pour vous tenir compagnie un moment ?

— Vous êtes très aimable, Antoine, mais je ne vais pas vous déranger en pleine journée.

— Très bien, je passerai en fin d'après-midi. N'hésitez pas à m'appeler si vous êtes angoissée.

— Merci infiniment pour votre écoute. À tout à l'heure.

Une fois qu'elle eut raccroché, Lise se remémora son arrivée au Léchat avec son mari, et la façon dont ils avaient été accueillis par les habitants de la Chapelle d'Abondance. La famille de Geoffrey faisait partie de l'histoire du Val d'Abondance depuis des décennies puisque le chalet et ses dépendances avaient été construits au début du dix-neuvième siècle. Aucun fait marquant n'avait eu lieu pendant cette période et les Praz de la Semblière semblaient avoir fait fructifier leurs biens en toute honnêteté jusqu'à ce qu'un aïeul dilapide sa fortune au jeu. Geoffrey était très apprécié et de nombreux villageois avaient été heureux qu'il demeure au Léchat alors qu'il travaillait sur Thonon-les-Bains.

Leur mariage avait suscité beaucoup de remous à tel point que le couple avait pensé un temps déménager à Thonon. Malgré quelques tentatives pour s'intégrer dans la vallée, la comtesse avait très vite perçu une forte animosité à son égard. Geoffrey avait mis cela sur le compte de son origine — elle était lyonnaise et donc étrangère à la vallée. Elle avait accepté cette explication d'autant mieux que certains lui avaient reproché d'être citadine. Très vite, elle avait également compris que sa liberté d'esprit et son côté marginal dérangeaient.

Durant toute la journée, elle fouilla ainsi son passé pour tenter de trouver une explication plausible à cette missive dont la teneur l'angoissait. Elle se souvint alors avoir été sollicitée peu après la mort de son conjoint par une personne qui désirait lui racheter le chalet ainsi que les quelques hectares de bois qu'elle possédait. Mais Lise n'était pas intéressée, et au bout de quelques semaines, les appels avaient cessé.

Elle fut tout heureuse lorsqu'elle entendit Mag claquer la porte d'entrée. Dès qu'elle vit le visage de Lise, elle comprit que quelque chose n'allait pas.

— Vous faites une drôle de tête, comtesse, dit-elle en enlevant sa doudoune. Y a quelque chose qui vous tracasse ?

Sans un mot, Lise tendit le papier à Mag.

— C'est quoi ce torchon ? déclara cette dernière d'un regard interrogateur après l'avoir parcouru.

— C'est bien là tout le problème, Mag. Je n'en ai aucune idée. J'ai découvert cette lettre dans le courrier de ce matin et depuis, je ne cesse de me poser des questions. Je n'ai rien pu entreprendre aujourd'hui tellement je suis troublée.

— Vous en avez parlé à quelqu'un ?

— J'ai appelé Antoine, qui devrait arriver d'un moment à l'autre. Lui non plus ne comprend rien.

— Bon, je vais vous faire une tisane pour vous remettre. Il faut pas rester comme ça à ressasser. Si ça se trouve, c'est un mec un peu dérangé qui sait pas quoi faire pour se rendre intéressant.

— J'aimerais tellement que tu aies raison Mag. Malheureusement, je crains qu'il s'agisse de bien autre chose.

La comtesse, pour ne pas faire de différence entre les deux jeunes femmes avait proposé à Mag de la tutoyer également. À sa grande surprise, celle-ci avait tout de suite approuvé, soulignant qu'elle continuerait à la vouvoyer *parce que c'était trop fun !* Lise avait souri, ravie que leur complicité à toutes les trois s'accroisse au fil du temps. Elle avait souvent l'impression de faire office de mère de substitution auprès de ses deux locataires, mais elle adorait secrètement ce rôle qui la comblait d'aise. Mais ce soir, elle se sentait fragile et démunie, et elle appréciait de se faire chouchouter par Margaux. Pendant qu'elles sirotaient leur tisane silencieusement, Antoine était venu les rejoindre, l'air soucieux. Cet incident le perturbait plus qu'il ne le laissait paraître. Lise lui proposa de rester dîner et lorsque Florence arriva à son tour, tout le monde s'affairait à préparer le repas. Rapidement, Mag l'avait mise au courant de ce qui s'était passé et Florence avait été sidérée. Ils avaient cuisiné un Berthoud, spécialité de la vallée à base d'ail, de fromage d'Abondance et de vin blanc sec que l'on fait gratiner au four dans de petits ramequins, et que l'on déguste comme une fondue. Chacun avait pris place autour de la grande table et tentait de détendre l'atmosphère à sa manière.

— Vous pensez que notre projet peut indisposer certains individus à ce point ? continua Florence.

— Tout est possible, reprit Antoine. Il est certain que la création de chambres d'hôtes peut susciter des jalousies. Le tourisme rapporte beaucoup d'argent dans la vallée et certains redoutent peut-être que ce projet les prive d'une partie de leur clientèle.

— Mais enfin, répliqua Lise, vu le nombre de personnes qui cherchent à se loger l'hiver, nous ne représentons aucun danger.

— Vous avez totalement raison, mais vous connaissez la nature humaine, souligna Antoine.

— Devons-nous signaler cette lettre à la gendarmerie ? demanda Lise.

— Je ne sais pas, poursuivit ce dernier. Il faut y réfléchir sérieusement.

Margaux et Florence avaient échangé un regard de connivence. Elles avaient toutes deux fait le lien entre la lettre anonyme et les incidents dont elles avaient été victimes. On en voulait bel et bien à la comtesse, et leur arrivée ainsi que le projet de chambre d'hôtes déterraient d'anciennes rancœurs et poussaient des individus à les intimider à tour de rôle.

Ce dernier événement agit sur Mag comme un révélateur de ce qu'elle désirait au plus profond d'elle-même. Elle souhaitait s'associer au projet de Florence et Lise et leur apporter son soutien indéfectible. L'angoisse diffuse de cette lettre anonyme lui faisait prendre conscience, avec encore plus d'acuité, des liens qu'elle avait tissés et de la sécurité qu'elle avait trouvée dans cette demeure. Elle voulait se battre pour préserver tout ça. Sans plus réfléchir, elle se tourna vers les deux femmes et lança :

— Je ne sais pas si c'est le bon moment, mais j'ai besoin de vous dire quelque chose de super important.

— Nous t'écoutons, Mag, s'empressa de répondre la comtesse.

— Voilà c'est un peu difficile à lâcher, et comme vous avez pu le remarquer, je suis pas très à l'aise pour m'exprimer. J'ai souvent pu vous paraître agressive et solitaire durant ces mois passés ici, et vous avez pu croire que la seule chose qui m'intéressait, c'était d'avoir un toit. C'était vrai au début, quand j'ai débarqué dans ce chalet. Et puis, ça a changé, mais je m'en suis pas aperçue tout de suite. Et puis, ça me posait problème pour diverses raisons. En tout cas, j'ai plus envie de partir. Mais c'est peut-être trop tard parce que vous avez ce super projet. Et je veux surtout pas vous déranger.

Florence était sidérée par ce qu'elle venait d'entendre. Jamais elle n'aurait imaginé que Mag puisse tenir un tel discours. Elle n'osait prendre la parole de peur d'être maladroite et de froisser Margaux. Heureusement Lise déclara :

— Je vais parler en mon nom puis Florence s'exprimera à son tour. Ton arrivée ainsi que celle de Flo dans ce chalet a totalement bouleversé mon existence. Vous m'avez redonné le goût de vivre, et m'avez fait redécouvrir la saveur de l'amitié. Au fil des mois, j'ai appris à vous connaître et à vous apprécier, et lorsque Florence m'a laissé entendre qu'elle n'avait plus envie de quitter ma maison, j'ai ressenti un immense bonheur. C'est exactement la même chose pour toi, Mag. Ton désir de rester au chalet m'enchante. Je crois que nous sommes devenues inséparables. Qu'en penses-tu, Florence ?

— Il me semble que vous avez tout à fait raison, Lise, poursuivit cette dernière. Et j'irais même plus loin. Si notre projet t'intéresse, Mag, c'est avec un grand enthousiasme que nous t'intégrons à notre équipe. Qu'en dites-vous, comtesse ?

— Ce serait un immense plaisir. Même si cela comporte visiblement pas mal de risques.

— J'ai jamais eu peur de la castagne, reprit Mag. Si des types veulent la guerre, il est pas question qu'on se fasse mettre en pièces sans réagir. Je suis celle qu'il vous faut et j'ajouterai que je veux apporter ma quote-part financière. Vivre dans une camionnette, ça permet de faire des petites économies ! Mais on en parlera plus tard.

Margaux avait le don de détendre l'atmosphère et de dérider les gens. Antoine observait les trois femmes, un sourire aux lèvres. Quand Lise lui avait avoué son envie de prendre des locataires dans son chalet, il avait trouvé l'idée pertinente, car il était inquiet de la savoir seule dans cette grande bâtisse qu'elle n'avait plus les moyens d'entretenir. Par contre, il n'aurait jamais présumé que ce choix favoriserait d'aussi belles rencontres et un projet de maison d'hôtes. Il était conquis par ces femmes qui avaient réussi, malgré leurs dissemblances, à se respecter et à apprendre à s'aimer. C'était une remarquable leçon de vie, et le visage rayonnant de *sa comtesse* était pour lui le plus merveilleux des cadeaux.

Chapitre 11

Le printemps était arrivé déposant çà et là quelques touches colorées dans la vallée. Le soleil venait à bout des dernières congères et les prairies reverdissaient alors que les eaux tumultueuses des torrents grossis par la fonte des neiges dévalaient les pentes rocheuses dans un grondement continu. Quelques touristes seraient présents pour les vacances de Pâques, mais la saison se terminait doucement et l'on sentait dans les rues des villages le ralentissement des activités après le rush de l'hiver. Lise avait toujours une légère appréhension lorsqu'elle relevait le courrier, mais l'épisode de la lettre anonyme s'estompait peu à peu. Elles avaient décidé d'un commun accord de ne pas porter plainte pour le moment et de n'en parler à personne, et la vie avait repris son cours.

Grâce au notaire, elles avaient pu rapidement définir le statut juridique et fiscal qui convenait à leur projet, et le dossier dûment rempli avait été déposé auprès des administrations concernées. Leur petite entreprise était créée et Mag avait apporté une aide financière non négligeable qui leur permettait d'envisager l'avenir sous de bons auspices. Florence avait pris contact avec quelques architectes pour obtenir un premier avis. Leurs honoraires étaient exorbitants et aucun jusqu'à présent n'avait pris réellement en compte ses besoins.

Florence avait également proposé à Alban de passer quelques jours auprès d'elle. Il ne s'était pas fait prier et avait trouvé rapidement un week-end de disponible pour venir la rejoindre. Elle lui avait suggéré de loger au chalet, mais il avait décliné son offre et avait réservé une chambre dans un très bel hôtel de la Chapelle d'Abondance. Lorsqu'il était sorti de son 4x4 ce vendredi en fin d'après-midi, souriant et véritablement heureux de la retrouver, elle avait remarqué ses cheveux bruns plus longs que d'habitude ; une mèche tombant négligemment sur son regard en intensifiait l'éclat. Elle était radieuse et débordait de gaieté, prête à profiter pleinement de sa présence. Elle avait prévu de dîner au chalet en compagnie de Margaux et Lise puis de passer le reste du week-end tous les deux. Ils s'étaient donc regroupés au salon pour prendre l'apéritif, et après quelques banalités d'usage, Alban entra dans le vif du sujet :

— Et où en êtes-vous de votre projet ? Ça avance bien ?

— Oui, les pièces du puzzle s'assemblent peu à peu, précisa Florence, et le fait que Mag nous ait rejointes dans cette belle aventure est une aide précieuse.

— Votre choix est fait ? demanda-t-il à Margaux en se tournant vers elle. Vous ne regretterez pas votre vie de saisonnière et les multiples possibilités qu'elle procure ?

— Non, répliqua-t-elle légèrement rembrunie. Je me trouve bien ici et puis, plus on est de fous, plus on rit ; c'est bien connu.

— Eh bien, félicitations. Vous êtes toutes les trois très motivées, poursuivit-il.

— On l'est effectivement, continua Mag en regardant Alban droit dans les yeux. Et je crois bien que personne ne pourra changer cet état de fait.

— C'est bien vrai, déclara Lise qui sentait une légère tension entre Margaux et Alban. D'ailleurs, certains ont déjà essayé, mais sans résultat.

— Hum, en effet… Je suppose que vous voulez parler d'Adeline ? reprit Alban un peu décontenancé.

Lise se pinça les lèvres, gênée d'avoir amené la discussion sur Adeline alors qu'elle pensait à la lettre anonyme.

— Il y a ma mère, effectivement, poursuivit Florence pour mettre fin à l'embarras de la comtesse. Mais je crois que Lise avait autre chose en tête. Mais ça n'a pas vraiment d'importance. Si nous passions à table, maintenant ?

Alban, perspicace, avait perçu le flottement et les regards furtivement échangés entre les trois femmes. Il se promit de revenir à la charge dès qu'il serait seul avec Florence.

Le dîner fut très agréable et Alban rivalisa d'ingéniosité pour tenter de se faire apprécier de Mag. Il connaissait un peu la vie des saisonniers en montagne et réussit à capter son intérêt à plusieurs reprises. Il les quitta vers minuit et proposa à Flo de venir la chercher au chalet le lendemain matin pour l'emmener sur les pistes.

C'était la première fois qu'ils skiaient ensemble, et comme le temps était merveilleux, ils décidèrent de prendre le forfait des Portes du Soleil qui leur permettait d'avoir accès à un gigantesque domaine. Florence profitait au maximum de ce moment unique de liberté. Les montagnes se découpaient sur le bleu du ciel et elle se laissait griser par la vitesse, s'amusait sur des champs de bosses ou faisait la course avec Alban lors de vertigineuses descentes. Elle prenait plaisir à le regarder évoluer tant il était éblouissant. Rapide, souple, précis, il dévalait les pistes avec une extrême agilité et s'était même diverti à faire quelques sauts audacieux. Ils avaient dégusté des spécialités savoyardes en terrasse dans un restaurant d'altitude, tout en profitant de la douceur de l'air. Elle l'avait encore complimenté pour ses performances sportives, et tout en la remerciant, il avait souligné qu'elle avait également un excellent niveau de ski et un très beau style. Ils avaient ri autour d'un petit blanc de Savoie et il lui avait chuchoté qu'il adorait être seul avec elle, et qu'il n'oublierait jamais ce week-end en sa compagnie. Détendue par cette agréable matinée et heureuse d'être courtisée, elle se mit à l'observer tout en glissant dans une douce rêverie. Elle aimait son visage carré et ses pommettes saillantes qui accentuaient sa virilité. Son pull bleu nuit magnifiait l'éclat de son regard et elle imagina un instant se lover contre son torse musclé et goûter le velouté de ses lèvres charnues. La voix d'Alban la ramena à la réalité. Il lui proposait de repartir sur Avoriaz et de s'amuser sur une piste noire réputée pour sa verticalité. Elle rougit légèrement et opina, ravie d'avoir à ses côtés un homme qui partageait sa passion de la montagne.

Alban l'avait déposée au chalet en fin d'après-midi, en la remerciant encore pour cette fantastique journée. Florence s'était délassée sous une douche brûlante, puis elle avait pris sa voiture pour le retrouver au restaurant gastronomique de son hôtel. Elle rayonnait dans un pantalon noir et un pull en cachemire blanc qui mettait en valeur son teint hâlé et son regard magnétique. Ses cheveux relevés en queue de cheval dégageaient le délicat ovale de son visage. Il l'avait complimentée pour son charme et sa beauté naturels, soulignant qu'il n'aimait pas les femmes trop sophistiquées. L'image de Diane s'était alors imposée à elle. Elle se souvenait de cette soirée où Camille, sa collègue et amie, avait pianoté sur Internet et déniché le salon d'esthétique de Diane Valmont, la maîtresse de son mari. Florence avait pu contempler un genre de mannequin extrêmement sexy, aux traits parfaits, moulé dans une robe fourreau et juché sur des talons aiguille. Immédiatement, elle s'était trouvée terriblement banale et sans aucun intérêt. Elle s'était aussitôt comparée à cette gravure de mode, passant en revue ses propres défauts physiques et décidant qu'il était impossible qu'elle rivalise avec ce genre de déesse.

Depuis sa séparation avec Romain, elle peinait à se valoriser. Le désir qu'elle lisait dans les yeux d'Alban depuis leur première rencontre et ses compliments perpétuels ne la laissaient pas indifférente et lui redonnaient confiance en elle. Elle se remémora ce réveillon de Noël et l'attitude de son ami envers ses proches. Elle avait aimé la manière dont il s'était intégré dans son cercle familial. Il était resté très discret, tout en déployant une urbanité de bon aloi. Il avait conversé avec sa mère, s'était intéressé à Anaïs et à ses études, tout en dialoguant avec Marc et Antoine, qui semblaient l'avoir beaucoup apprécié. Mise en confiance par leur belle complicité durant la journée et le bilan positif qu'elle venait de réaliser, elle décida de lui dire la vérité au sujet de la lettre anonyme :

— Je t'ai caché quelque chose d'assez important concernant notre projet et j'aimerais t'en parler.

— Je t'écoute, reprit Alban sur le qui-vive.

— Tout d'abord, me promets-tu de garder tout cela secret ?

— Tu piques ma curiosité, Florence. Mais c'est entendu, je te donne ma parole.

— Très bien. Il y a presque un mois, Lise a reçu une lettre anonyme qui stipulait que nous aurions de gros ennuis si nous maintenions notre construction de chambre d'hôtes.

— Quoi ? lança Alban en haussant le ton. Et qu'avez-vous fait ?

— Rien ?

— Comment ça, rien ?

Alban avait presque crié et plusieurs clients s'étaient retournés dans leur direction.

— Je t'en prie, calme-toi, sinon je vais regretter de t'avoir mis au courant.

Il changea immédiatement d'attitude et s'excusa.

— Nous en avons parlé avec Antoine, reprit Florence, et nous avons décidé de ne pas porter plainte parce que nous ne voulions pas créer de tensions supplémentaires et que nous pensions que cela n'irait pas bien loin. Il y a souvent des jalousies dans les villages et le fait que Lise soit une aristocrate n'arrange peut-être pas les choses. Et visiblement, tout est rentré dans l'ordre.

— Pour le moment, Flo. Mais qui te dit que demain ou dans une semaine, celui qui a écrit cette lettre ne vous menacera pas d'une manière plus radicale ? Je ne vous trouve pas raisonnables. Je tiens à toi, Florence, et je ne supporterais pas qu'il t'arrive quelque chose. Et vous n'avez pas pensé à tout arrêter ? Ce serait peut-être la meilleure solution. Tu ne crois pas ?

— Lise a tout de suite proposé d'abandonner le projet pour ne pas nous mettre en danger Margaux et moi, mais nous avons refusé.

— Il serait plus prudent de tout laisser tomber. Mais pourquoi t'es-tu lancée dans cette aventure, Florence ? Il me semble que tu aurais dû réfléchir davantage. Tout ça va bien trop vite. Qu'essaies-tu de te prouver, à la fin ?

— Je veux simplement réussir quelque chose qui me tient à cœur. Je t'ai déjà expliqué tout ça, Alban, et je n'ai pas à me justifier. Je n'ai de compte à rendre à personne. Je suis une femme divorcée depuis peu, libre de mes faits et gestes.

Il lui prit la main tendrement, l'enserrant délicatement dans les siennes puis il chuchota :

— Je ne cherche pas à t'emprisonner, Florence. Je suis amoureux de toi depuis bien longtemps. Je te trouve belle intelligente, intrépide. J'adore ton regard magnétique, ton allure sportive, la façon dont tu repousses ta mèche de cheveux derrière tes oreilles. J'ai envie de partager une multitude de choses avec toi et pas que des week-ends de ski. D'ailleurs, j'ai décidé de me rapprocher de toi et ce que tu viens de me confier confirme que mon choix est sensé.

— Que veux-tu dire par là ? répliqua-t-elle légèrement tendue.

— Eh bien, je me suis arrangé avec ma boîte et je vais pouvoir ouvrir une succursale à Genève.

— Tu vas quitter Lyon ?

— Oui, pour être plus près de toi. Et je pourrai te protéger si les choses tournent mal.

— Mais enfin, Alban, tu aurais pu m'en parler ! Tu ne vas pas abandonner une ville que tu adores et un appartement que tu viens d'acheter pour être plus proche de moi, alors que je ne t'ai rien promis. Je te trouve séduisant et tu as beaucoup de qualités, mais je ne suis pas amoureuse de toi. Et pour le moment, je ne veux pas m'engager dans une relation sérieuse avec quelqu'un. J'ai bien trop souffert de ma rupture avec Romain et j'ai besoin qu'on me fiche la paix !

Elle avait élevé la voix sans s'en apercevoir. Quelques heures plus tôt, elle avait imaginé finir la nuit avec lui parce qu'il l'attirait et qu'elle désirait se sentir femme et prendre du plaisir dans les bras d'un homme dont elle appréciait le charme et la courtoisie. Mais tout à coup, elle éprouvait une étrange sensation proche du malaise. Son rythme cardiaque s'était accéléré et elle avait la gorge nouée. Elle but un grand verre d'eau puis elle tenta de se calmer et de se raisonner. Alban s'était fourvoyé dans leur relation, mais après cette mise au point, il comprendrait qu'il avait fait une erreur et il choisirait de continuer sa vie à Lyon.

— J'espère que je ne t'ai pas blessé, déclara-t-elle après un moment. Je ne veux pas te faire souffrir et tu mérites de trouver une compagne qui te rendra heureux.

— Ne t'inquiète pas, Florence. J'avais besoin de t'exprimer mes sentiments. Je saurai être patient. Et ne te fais pas de souci, je ne suis pas téméraire ; je suis quelqu'un de très organisé. J'ai déjà un acheteur pour mon appartement. Tout se déroule comme je l'avais prévu.

Elle ressentit de nouveau un trouble profond et prétextant la naissance d'une migraine, demanda l'addition. Il régla la note et la raccompagna jusqu'à sa voiture.

— J'espère que tu seras en meilleure forme demain, lui dit-il, car tu m'avais promis une visite de l'abbaye d'Abondance. Et j'aimerais vraiment passer cette dernière journée en ta compagnie.

— Je me sens fiévreuse ce soir. Je t'appelle dans la matinée. Bonne nuit.

Tout en rejoignant le chalet, Florence ne parvenait pas à retrouver sa sérénité. Elle était persuadée qu'il bluffait pour Genève et qu'il avait simplement voulu la tester. Il ne pouvait pas tout quitter pour venir vivre près d'elle alors qu'ils n'étaient que des amis ? C'était impossible. Une fois de plus, elle eut le sentiment qu'on tissait autour d'elle une toile invisible, et que malgré tous ses efforts, elle serait bientôt prisonnière. Elle frissonna puis se dit que sa journée de sport l'avait sûrement épuisée. Arrivée au chalet, elle se glissa dans son lit et s'endormit aussitôt.

Le lendemain matin, Florence décida qu'elle devait s'expliquer avec Alban et elle lui donna rendez-vous à Abondance vers dix heures. Comme prévu, ils visitèrent l'imposant édifice qui dominait le village depuis le douzième siècle, joyau de l'art religieux médiéval, puis il proposa de terminer cet agréable moment dans un restaurant de spécialités savoyardes. Florence accepta, bien déterminée à clarifier la situation. Alors qu'ils venaient de passer la commande, elle se résolut à parler :

— J'ai été extrêmement perturbée par ton envie de déménager à Genève, Alban, et j'espère que tu vas revenir sur cette décision qui me paraît prématurée. J'ai toujours été très franche avec toi. Pour le moment, je te considère comme un ami, et si tu tiens à préserver cet attachement, je te demande de ne pas interférer dans ma vie. J'ai fréquemment le sentiment que tu veux diriger mon existence et me forcer à t'aimer. Je ne peux accepter ce genre d'attitude. J'ai envie que nous mettions un peu de distance entre nous, puisque nous avons du mal à trouver un équilibre dans notre relation.

— Aucun problème, Florence. Tes désirs sont des ordres, tu le sais bien. Mais je ne comprends pas ta perception des choses. Je n'ai jamais débarqué sans ton accord au Léchat, et il me semble que je me contente de ton amitié sans t'importuner. Je souhaitais simplement que tu connaisses mes sentiments à ton égard. Est-ce emprisonner quelqu'un que lui faire une déclaration d'amour ? Ai-je le droit d'apprécier Genève et de vouloir y habiter, ou dois-je demander ta permission ? Suis-je libre d'aller où bon me semble ?

Florence se trouva stupide tout à coup. Effectivement, il n'avait jamais outrepassé ses prérogatives et elle avait donné son assentiment pour chacune de leurs rencontres.

— Tu m'as tout de même signifié que tu t'installais à Genève pour te rapprocher de moi et me protéger. Et là, tu n'as pas l'impression que tu t'occupes un peu trop de ma vie ?

— N'est-ce pas le rôle d'un ami que d'être présent pour l'autre ? Mais sois sans crainte, je respecterai ta liberté. J'attendrai que tu me fasses signe pour te recontacter. Prends soin de toi tout de même. Cette lettre anonyme n'est certainement pas anodine.

Ils s'embrassèrent comme de bons camarades, et tout en la remerciant pour ce merveilleux week-end, il la quitta, souriant et détendu. Elle retourna à la maison et s'attaqua au plan des combles tout l'après-midi, car elle devait s'y mettre sérieusement. L'ensemble du grenier avait été déblayé et il fallait se lancer dans son aménagement. Tout en crayonnant un agencement sur du papier, elle se dit que l'urgence était de dénicher un architecte compétent pour un prix raisonnable. Ce qui en soi était certainement utopique !

Quand Romain avait appris par Anaïs que Florence avait décidé de transformer une partie du chalet en chambres d'hôtes, il avait été sidéré. Il avait si peu admiré sa femme durant leurs années de vie commune qu'il n'aurait jamais imaginé qu'elle possède une telle carrure. Elle, par contre, n'avait cessé de le complimenter sur son intelligence, son esprit créatif et sa volonté à toute épreuve. Elle avait toujours accueilli ses projets avec curiosité et sollicitude, le soutenant à bon escient et l'invitant à s'interroger lorsque ses options lui paraissaient trop hasardeuses. Il s'apercevait aujourd'hui du bien-fondé de ses conseils et se demandait si le regard que posait son père sur Florence n'avait pas déteint sur lui. En effet, ce dernier, très déçu du choix de son fils, lui avait rabâché que sa femme n'était qu'une petite prof de collège sans ambition.

Depuis qu'il l'avait quittée, elle ne cessait de l'étonner, voire de le subjuguer. Elle ne l'avait jamais dénigré aux yeux de sa fille alors qu'il l'avait trompée, et malgré sa grande souffrance, elle était restée digne et forte durant cette épreuve. Puis, elle avait eu le courage de partir pour recommencer une nouvelle vie loin de ses amis, de sa famille, pour être fidèle à ses premières passions et tenter de les expérimenter librement. Enfin, elle décidait de se lancer dans la restauration d'un chalet délabré. Il prenait conscience tout à coup des qualités extraordinaires de son ex-femme. Pourquoi ne s'était-il pas aperçu de tout cela et pourquoi n'avait-il pas pris soin d'elle durant leur mariage ? Plus le temps passait, plus il se trouvait insipide ; même s'il partageait d'agréables moments auprès de sa compagne, il regrettait parfois d'avoir tout abandonné sur un coup de tête. Il relut la lettre apportée par le facteur quelques jours plus tôt, et qui faisait de lui un homme officiellement séparé. Ses yeux s'embuèrent et il se traita d'imbécile. Il se demanda si Florence changerait de nom et si elle fêterait son divorce avec cet Alban qu'il haïssait. Une fois sa colère atténuée, il se souvint qu'il avait eu l'idée de proposer son aide à Florence lorsque sa fille lui avait parlé de l'aménagement des combles et des problèmes financiers de la comtesse. Se doutant que la moindre économie serait la bienvenue, il pouvait mettre à son service ses talents d'architecte, lui qui avait réalisé entièrement la conception de sa villa écologique. Il se savait à la hauteur de ce défi passionnant. Curieusement, il ressentait aujourd'hui le besoin de renvoyer l'ascenseur à son ex pour toutes ses années de dévouement en lui faisant cadeau de ses multiples compétences. Cela faisait plusieurs jours qu'il tergiversait et qu'il n'osait pas lui téléphoner, mais ce soir, il était décidé. Il composa son numéro d'une main tremblante. Elle répondit au bout de quelques sonneries.

— Bonsoir, Romain, lui dit-elle d'une voix impassible. Tu m'appelles pour être certaine que j'ai bien reçu le courrier m'annonçant que nous sommes officiellement divorcés ?

Déstabilisé par cette entrée en matière, il resta muet quelques secondes, puis répliqua :

— Pas du tout. Anaïs m'a parlé de ton fabuleux projet, et je voulais juste te féliciter. Je suis en admiration devant ta force de caractère et ton esprit d'entreprise. Il n'y avait aucune intention belliqueuse de ma part, Florence.

— Oh ! répondit-elle surprise, c'est bien la première fois que tu me complimentes pour quelque chose. Je n'ai pas l'habitude. Mais c'est gentil.

— Oui, je sais. Je n'ai pas été très attentif à tes réussites durant notre vie de couple et j'ai même été relativement égoïste.

— Que t'arrive-t-il, Romain ? Maintenant que tu es divorcé, tu fais ton *mea culpa*. C'est un peu tard, tu ne crois pas ? Notre histoire est finie, et pour ma part, je n'ai plus envie de remuer le passé. J'ai un projet passionnant qui me prend beaucoup de temps, et aujourd'hui, mon regard est tourné vers l'avenir.

— Justement, c'est pour ça que je t'appelle. Tu sais que notre fille est très fière de toi et qu'elle parle beaucoup de ta nouvelle activité. Elle m'a un peu expliqué de quoi il retournait, et vu le coût d'un architecte, j'avais pensé que je pourrais t'aider pour la réalisation des plans des combles et leur chiffrage.

— Je ne crois pas que ce soit une bonne idée.

— Attends ! Écoute-moi avant de prendre une décision. Je sais que tu ne veux pas que nous soyons amis et que tu désires limiter nos rencontres. Jusqu'à présent, j'ai respecté ton choix et tu n'entends pas souvent parler de moi. Pour une fois, ma démarche n'est pas égoïste. J'ai envie de t'aider parce que tu l'as fait pour moi. Pendant des années, tu m'as encouragé et guidé dans tous mes projets, et si j'en suis là aujourd'hui, c'est grâce à toi. Je veux au moins rattraper ça et t'offrir le temps que je ne t'ai jamais accordé. N'oublie pas que chaque fois que nous avons travaillé ensemble, les résultats ont été remarquables. Ce projet te tient à cœur et j'ai très envie de te permettre de le réussir. Il n'y a aucune entourloupe de ma part. Je désire seulement mettre mon expérience à ton service — et peut-être soulager ma conscience. Réfléchis avant de me donner ta réponse.

Il raccrocha avant qu'elle ait pu ajouter quelque chose. Florence ne s'attendait pas à ce genre d'appel et même si elle tentait de garder la tête froide et de n'éprouver aucune émotion, elle était ébranlée. En quelques mots, Romain l'avait replongée dans sa vie de femme mariée, comblée par sa petite famille qu'elle adorait. Étonnamment, elle avait trouvé que sa voix sonnait juste et qu'il semblait sincère. Il lui avait fallu divorcer pour qu'il comprenne combien elle l'avait aimé. Que tout paraissait cruel et cynique ! Et c'était maintenant que leur histoire était terminée qu'il se rendait compte de son individualisme forcené et du peu d'attention qu'il lui avait accordée toutes ces années. Peut-être que les exigences de sa nouvelle compagne l'amenaient à réfléchir sur sa vie et sur ses attitudes avec la gent féminine ?

— Que de gâchis ! murmura-t-elle alors qu'un immense abattement l'envahissait.

Elle se leva, incapable de continuer à dessiner, et se dirigea vers sa chambre. Elle s'effondra sur son lit tout habillée, alors que les larmes glissaient lentement sur son visage défait.

Elle se réveilla quelques heures plus tard avec une étrange sensation. Tout était silencieux ; cependant, elle percevait comme un grésillement inhabituel dont elle n'arrivait pas à définir la provenance. Son portable affichait deux heures du matin. Non, décidément, il y avait quelque chose qui la perturbait. Elle s'approcha de la fenêtre et l'ouvrit. Le bruit s'intensifiait et semblait venir des dépendances. C'est alors qu'elle aperçut des lueurs orangées du côté de la forêt et qu'elle sentit comme une légère odeur de roussi.

— Mon Dieu, cria-t-elle, on dirait un incendie !

Elle se mit à hurler pour réveiller Mag et Lise puis descendit les escaliers quatre à quatre et se rua dehors. Le feu avait pris dans l'une des dépendances et les flammes commençaient à lécher avec voracité les murs en épicéa. Sans perdre une minute, elle appela les pompiers puis composa le numéro d'Antoine. La comtesse l'avait rejointe, le regard hébété. Elle ne portait qu'une légère chemise de nuit et ses longs cheveux épars l'auréolaient d'un voile laiteux. Elle se tenait debout, impavide, grelottant au cœur des ténèbres, incapable de faire un geste ou de prononcer une parole. Margaux fila à l'intérieur pour lui apporter des vêtements plus confortables et réfléchit dans le même temps à ce qu'elle pouvait faire pour se rendre utile. Elle fut rassurée d'entendre la sirène des pompiers. Le foyer qui n'en était qu'à ses prémices fut vite maîtrisé par les soldats du feu. Antoine, dès son arrivée, s'était occupé de Lise et l'avait reconduite à l'intérieur du chalet pour lui faire avaler une boisson chaude. Elle restait prostrée sur sa chaise alors que Mag et Florence s'étaient assises à ses côtés. Cette dernière relata brièvement les événements.

— Heureusement que tu t'étais couchée tout habillée sur ton lit, déclara Antoine, et que le froid t'a réveillée, sinon les choses auraient pu mal tourner, avec la forêt toute proche.

— Oui, nous avons eu une sacrée chance, reprit Florence. Mais qu'est-ce qui a pu être à l'origine de cet incendie ?

— La lettre anonyme, maintenant le feu aux dépendances. Y a plus de doute possible, quelqu'un a l'intention de nous empêcher de mener notre projet à bien ! répliqua Mag avec force.

— Mais tu crois vraiment que les deux événements sont liés ? s'exclama Florence.

— Pour moi, c'est tout vu, on a décidé de nous foutre la trouille ! répondit-elle.

Lise semblait émerger d'un mauvais rêve.

— Mais qui m'en veut à ce point-là ? continua-t-elle d'une voix fluette et mal assurée. Depuis le décès de mon mari, j'ai abandonné toute vie sociale et me suis réfugiée dans ce chalet comme un ermite. Je suis abasourdie par ce qui nous arrive. Il me semble que je n'ai jamais porté préjudice à qui que ce soit.

Antoine réfléchissait, la mine soucieuse.

— Cette fois-ci, reprit-il, je suis de l'avis de Mag. Il ne s'agit pas d'une coïncidence. Les gendarmes vont enquêter à propos de l'incendie et nous devrons évoquer la lettre anonyme, car tout cela devient très sérieux.

Au même moment, on frappa à la porte, et le capitaine des pompiers apparut. Lise lui proposa, ainsi qu'à ses hommes, de boire quelque chose.

— C'est bien aimable à vous, répondit celui-ci, mais nous devons rentrer à la caserne. Le feu est totalement éteint et les dégâts ne semblent pas trop importants. Nous sommes arrivés à temps.

— Je vous remercie infiniment, répliqua la comtesse. Nous vous souhaitons un bon retour.

Antoine se leva pour raccompagner le capitaine et tous deux sortirent dans la nuit.

— Qu'allons-nous faire ? demanda Lise. Ce projet de maison d'hôtes devient visiblement dangereux et le poursuivre peut avoir des conséquences redoutables. Je pense qu'il est de mon devoir de mettre un terme à cette entreprise.

— Est-ce votre souhait ? reprit Florence. Si c'est le cas, je m'inclinerai. Pour ma part, je n'ai pas envie de céder à la peur. Quelqu'un a décidé de nous intimider parce que notre nouvelle activité le dérange. Si nous baissons les bras, il aura gagné. Je suis prête à me battre et je ne reculerai devant aucune menace.

— Flo a raison, poursuivit Mag. Il ne faut pas se laisser impressionner, et je suis d'accord pour continuer. Et si y'a des maffieux dans le coin, il faut leur faire la peau. Je connais du monde par ici et les bars sont des lieux pleins de ressources. Je vais faire ma petite enquête. Mais vous, comtesse, qu'est-ce que vous voulez vraiment ?

Lise, malgré ses cheveux défaits et les cernes profonds qui marquaient son regard pervenche, conservait toute sa prestance. Elle s'était redressée et semblait avoir retrouvé sa vitalité.

— Je vous trouve très courageuses, mes amies, déclara-t-elle d'un ton ferme où pointait une virulence inaccoutumée. Vous me dictez le chemin à suivre. Nous ne pouvons pas plier face à ces basses intimidations. Que penserait mon cher Geoffrey en me voyant battre en retraite à la première sommation d'un invisible ennemi ? Ce serait un déshonneur pour les Praz de la Semblière qui ont combattu aux côtés d'un prince. Comme vous le dites si bien, nous allons livrer bataille et personne ne nous empêchera de réussir ce qui nous tient à cœur !

Antoine, qui était rentré discrètement, avait entendu la discussion entre Lise et les deux jeunes femmes. Une fois encore, leur complicité et leur témérité l'émerveillaient, et même si les événements de la nuit l'emplissaient d'inquiétude, il ne désapprouvait pas leur attitude. La peur était rarement bonne conseillère et elle ne devait en aucun cas dicter leur choix, mais il espérait simplement que le coupable soit rapidement démasqué afin qu'il cesse de nuire.

S'approchant de ces trois amazones, il leur sourit et les invita à venir admirer l'aube naissante. Une clarté bleutée nimbait l'horizon d'un voile iridescent alors que les étoiles brasillaient dans le firmament. Il prit délicatement la main de la comtesse pendant que Lise et Florence se serraient l'une contre l'autre attendant l'apparition du disque solaire. Un nouveau jour se levait plein de promesses, mais aussi d'incertitudes ; peu importait que le chemin fût semé d'embûches pour Lise, Florence et Margaux, elles possédaient des armes puissantes pour combattre l'adversité. Leur volonté, leur bravoure et leur amitié récente vaincraient. Elles avaient choisi de relier leur destinée et de se battre côte à côte pour redonner un sens à leur vie, persuadées que l'union serait leur force et les mènerait vers la victoire.

Vous avez aimé votre lecture ?
Découvrez les autres romans des éditions Feel So Good
disponibles en format papier et numérique.

Les lumières du bout du monde
Tome 1 : Dans les steppes sans fin
Reporter passionnée, Elina arpente depuis des années champs de bataille et terrains minés. Mais Nicolas, son premier amour, souffre trop de ses absences à répétition et se fiance à une autre. Elina refuse de s'apitoyer sur son sort et se réfugie dans son travail. Sa douleur la pousse néanmoins à commettre des imprudences sur le terrain, au péril de sa vie. Contrainte par sa supérieure à des congés forcés, elle plie bagages et entreprend un long voyage en Mongolie. Dans les steppes, elle rencontre Federico, bel Espagnol à la tête d'une association visant à réintroduire une espèce de chevaux en voie d'extinction dans leur milieu naturel...

La vie trépidante et rocambolesque de Madison Nichols
Tome 1 : Le jour où elle a dérapé au coin de la rue
Madison Nichols est une jeune anglaise à l'imagination débordante. Douée d'un grand sens de l'observation, elle est également très organisée. Pas question de laisser de la place à l'imprévu ! Jusqu'au jour où elle rencontre Mac, un sans-abri méconnu des habitants du quartier et installé depuis peu à l'angle de sa rue. Si aux yeux des autres, Mac n'est rien d'autre qu'un mendiant, il en va différemment pour Madison qui pense être témoin d'un échange peu scrupuleux lorsqu'elle le voit récupérer mystérieusement un sac dans la pénombre..

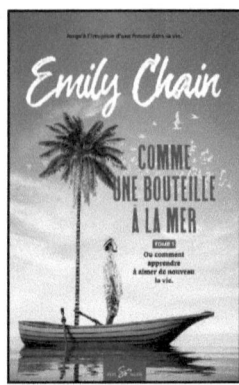

Comme une bouteille à la mer
Tome 1 : Ou comment apprendre à aimer de nouveau la vie

Luc a décidé de rejeter tout sentiment depuis que sa femme enceinte a perdu la vie dans un accident de voiture. Pas de sentiments, pas de chagrin. Juste un grand vide. Le jour où son enfant aurait dû naître, il pense à mettre un terme à sa propre existence. Jusqu'à l'irruption de Victoire, qui incarne la vie. Elle lui lègue un carnet, dans lequel elle notait ses pensées, ses souvenirs, ses conseils, pour réussir à apprécier la vie, et à partager aux autres des petites parcelles de bonheur. Luc se prend au jeu et utilise ce carnet comme un guide. Mais jusqu'où cela le mènera-t-il ? Une chose est sûre, Victoire lui fera faire des choses qu'il n'aurait jamais pu imaginer...

À travers les silences
Tome 1 : Un nouveau souffle sur nos vies

Victime de violences conjugales, Hissa vit un enfer au quotidien. Un soir, la situation dégénère et, à bout de nerfs, elle trouve le courage de quitter son compagnon. Elle trouve refuge auprès de Marc, son voisin du dessous, déterminé à tout mettre en œuvre pour protéger la jeune femme. Ni une, ni deux, ils partent se réfugier en Espagne, dans la maison de famille de Marc.

Mais leur soudaine disparition inquiète Rayan, le frère d'Hissa, et Anastasia, la fille de Marc. Ensemble, ils partent à leur recherche et en profitent, au passage, pour faire plus ample connaissance…

Pour en savoir plus
https://www.feelsogood-editions.com/